SHANGHAI METRICIAN

上海诗人

主　编　赵丽宏　执行主编　季振邦

真实的人间

上海文艺出版社

SHANGHAI METRICIAN
上海诗人

主　编　赵丽宏

执行主编　季振邦

策　划　杨斌华　田永昌　朱金晨

常务副主编　孙　思
副　主　编　杨绣丽　徐如麒

编　辑　巫春玉　赵贵美　宗　月
　　　　钱　涛　王亚岗　张沁茹
　　　　征　帆　张健桐　罗　琳

上海诗人
2024 年 10 月 伍

主办单位　上海市作家协会
　　　　　上海文艺出版社

编　辑　《上海诗人》编辑部
地　址　上海巨鹿路 675 号
邮政编码　200040
电　话　021—54562509
　　　　021—62477175 转
电子信箱　shsrb@hotmail.com
　　　　　shsrbjb@163.com

头条诗人

004　梦中，邀来一弯明月（组诗）　　　叶延滨

名家专稿

010　独木成林的秘密（组诗）　　　周占林
014　命运之诗（组诗）　　　曹宇翔

答问录

018　在变形的世界中沉思
　　　——答法国汉学家索尼娅·布雷斯勒十问　赵丽宏

上海诗人自选诗

023　随想录（组诗）　　　孟好转
026　古人今诗（三首）　　　曹　旭
028　梦转华亭（组诗）　　　薛锡祥
033　岁月吟者（组诗）　　　余志成
036　词与词的空隙飘过眼泪和风（组诗）　崔丽娟
039　在杨树林里练习挺拔（组诗）　　　梅国庆
041　时间的转角处（外二首）　　　王舒漫

散文诗档案

043　落日收集者手记　　　吴伟华
048　经霜的呼吸（组章）　　　林新荣
051　落进森林里的光束（组章）　　　严琼丽
054　本　真（组章）　　　灰　一

特别推荐

058 在最真实的人间（组诗） 北 乔
062 把道路揣在怀里（组诗） 王太贵

华夏诗会

064 风暴中的失眠者（组诗） （河北）风铃子
067 大湾的回声（组诗） （广东）郭杰广
068 眼里涨满春日的雨水（组诗）（福建）刘宇亮
071 以乳名为饵（组诗） （湖北）陂 北
073 水与村庄（外二首） （四川）河 清
075 流动的盛宴（组诗） （江苏）江澄子
076 九曲安澜（组诗） （甘肃）陈思侠
077 秋天之外（外二首） （山东）陈 默
078 遇见自己（组诗） （河北）刘挽春
080 竹（外三首） （北京）北 塔
082 举在梨树上的春天（外三首）（吉林）东方惠
083 风无法将我辨识（组诗） （安徽）毕子祥
085 一片茶叶从井中发芽（组诗）（四川）涂 拥
086 麦贵如命（外四首） （河南）杜思高

海上论坛

088 只有精神和生命之美是唯一真实的
——写在上海市民诗歌节举办十周年之际 杨斌华

读经偶得

093 《诗经》里的"谤讪"之声 伊 人

浦江诗风

099 一张纸上，收拢风雨（组诗） 蓝无涯
100 垂 钓（外二首） 萧 鸣
101 穿透云雾的翅膀（外四首） 时 光
104 秋意从夏天里飘来（外二首） 丁国平
105 千里江山如画（外一首） 李耀宇
106 记忆中的始丰溪（外一首） 陈孝连
106 八大山人（外二首） 张国炎
107 西域行（组诗） 倪家荣

诗海钩沉

109 何其芳及"何其芳现象" 韦 泱

诗人手迹

封二 李 南

读图时代

封三 祝雪侠 摄／诗

推荐语

  在当今喧嚣的碎片化时代，特别需要沉着有力的人，给我们带来文字的饱满与沉静。叶延滨擅长在空间上调度，他能够将看似不相关的遥远的事物，瞬间位移在一起，向着一个地方汇拢，在秩序和结构中营造出同一种类型的不同性。他的组诗《梦中，邀来一弯明月》，是外部世界的变迁与内心个体经验的契合。诗中的文字如湖底的石头，无论人心怎样晃动、犹疑，它们不为所动。

  第一首《拜谒蜀道剑阁柏》，开头一节就承载了客观与想象两翼："仰头望，那些苍翠的枝梢 / 正在为那些匆匆赶路的云朵 / 轻轻拂去岁月的风尘……"结尾通过客观存在，再抵达另一种想象。"风雨雷电中都巍然不动 / 为什么今夜你却悄悄走近我 / 在梦中，还邀来一弯明月……"诗人能发现细节，并将细节想象为另一种事物，引领读者走进其意象带来的悬浮与纹理里，以更为清晰的描述，让隐喻暂停；没有人可以阻止人生的前行，也没有人能控制自己的人生，因为它的神秘性和隐秘性。第二首《幸福其实无题》，诗人只是将其对生活和人生的感受，朴素地讲出来，就能让读者在他行文的气象中，体味到人生真谛；数学讲究直线，诗必须走曲线，才能表现出生活的幽微变化以及内部缠绕，曲线就是想象。虽然想象是不可能发生的，但却让你可信。如第三首《以为》；有些东西随着时间的更替，捂在心里久了，不但消减不了，反而变得比石头坚硬，想再移开它，已经不可能。譬如第四首《在溆浦瑶寨喝拦门酒》，诗人对屈原的敬仰，仿佛流淌的河流撞上千仞绝壁，撞出的是泪花不止；怎样将生活世界的海水，取之一瓢？关系到一个人对生活和人生的体察与觉知的深浅。第五首《茶叶慢慢打开》就像一个慢镜头，在我们眼前徐徐打开。而想象的具象化，在这里不但丰富了我们的视觉，还绵延了我们的听觉。接下来的《取景框》、《山水无语》《人生必备救援手册》《你不是你》《和平新消息》等五首诗，没有任何雕饰，因为雕饰无用而累赘，其非同寻常的自我和朴素，剔骨刀一般地勾勒出人性与人世。而其文字背后的未尽之言所蕴含的精神性，则是内容的另一种延伸。

  一块礁石想阻止河水的流向，反而让这条河有了迂回与腾挪的空间。如果说礁石是生活和人生的话，叶延滨的诗就是河流。自古以来，一切贤哲都主张过一种简朴的生活，以便不为物役，保持精神的自由。叶延滨也是如此，他生活上的简朴亦如他的文字。对于写诗，普通诗人是一种情绪，对于叶延滨，早已升华为情怀。而情怀才是文学的最高境界。

——孙思

叶延滨简介

叶延滨，当代诗人、作家、评论家。历任四川《星星》主编、中国作协《诗刊》主编、中国作协诗歌委员会主任，中国作家协会全国委员会第六、七、八、九届委员及名誉委员。现已出版诗集、文集共54部。代表诗作《干妈》获中国作家协会（1979年——1980年）优秀中青年诗人诗歌奖，诗集《二重奏》获中国作家协会（1985年——1986年）第三届新诗集奖，其余诗歌、散文、杂文分别先后获四川文学奖、北京文学奖、十月文学奖、青年文学奖等近百余种文学奖。作品先后被收入了国内外600余种选集。

梦中，邀来一弯明月（组诗）

叶延滨

拜谒蜀道剑阁柏

仰头望，那些苍翠的枝梢
正在为那些匆匆赶路的云朵
轻轻拂去岁月的风尘

飞黄腾达者，如初日霞光
在无数金丝银线的编织里
镶上了辉煌色彩

无妄之灾兮，如乌云列阵
雷鸣和闪电不打招呼就上场
骤然改写晴空万里

阴晴不定，风雨如晦
剑阁柏只是淡然地摇动枝梢
将无根之尘轻轻抖去

风雨雷电中都巍然不动
为什么今夜你却悄悄走近我
在梦中，还邀来一弯明月……

幸福其实无题

让人着急的事太多
太多的事放不下手
就像长得太慢的孩子

入托难入学难中考难高考难

工作难对象难房子难养孩难……

人生有个跑跨栏闭环

不知在哪个横栏前变成了刘二

扭伤脚，比金牌到得早……

让人不能急的事像喂孩子

一勺勺地吹凉

一勺勺地喂进小嘴

再轻轻擦去孩子下巴上

挂着的一滴汤汁——

幸福，就在这刻

在一勺与一勺之间

之间那细微的慢……

以　为

在夏日酷热太阳下走

以为只有太阳用阳光说话

在狂风怒号暴风雨里

以为只有风声对世界发言

在雪花漫天飞舞冬夜

以为一切都正在学会沉默

以为茶正在凉

以为天地寂静

我是寂静世界沉默的人

无声地张望眼前世界

我发现这世界真沉稳

无论是巍峨大山上一棵草

还是云上鹰，冰下鱼

其实心里都知道

下一场总会上演……

在溆浦瑶寨喝拦门酒

喝了这碗拦门酒

你就是家人，家人很多

我是诗人借酒举杯

朝圣之旅，敬我诗圣屈原

天上的白云喝了酒

成了游历四方的神仙

四周的青山喝了酒

千年不老的青翠少年

与白云为伴的瑶寨

昨天还在千山万水的那边

与青山为友的瑶寨

今天就装进了我心坎里面

青山不老，白云飘逸

就让我双手端上酒敬屈原

教我做人，引我上路

来溆浦寻觅诗圣当年足迹

喝下这碗拦门酒
我也是青山和白云的家人——
诗歌觅源，结缘瑶寨
泪眼里望见了屈原……

茶叶慢慢打开

谢谢阳光透过窗帘
落在茶杯的四周
这是早晨赐与的安宁
宁静中看水杯里茶叶
慢慢浮沉又伸展
瑜伽中散弥芬芳

听花开花谢的声音
看马蹄飞过的风影
弦裂断，天地哑然
浪击桨，山水簇拥
老夫聊发少年狂之美
褪尽了满目青葱

不望天，自升降
不抬脚，任转旋
金戈铁马，回首皆故事
书生一世，笔墨写春秋
不左顾右盼真的也不太难
守着一片茶叶慢慢打开……

取景框

坐在沙发上盯死电视
热闹的总是外面世界
这个世界正在
坐过山车翻滚

某国航空母舰在大海堕机
某国军队大规模边境集结
某国星链群像放鞭炮升空
某国地震像上班一样准时

炫目的精彩的过分的
电视新闻十分繁忙
还播科幻世界故事

一个比小还小的家伙
没有通知也不被邀请
给这整座城市
踩了一脚刹车

电视上大街上空无一人
幢幢高楼呆立面面相觑
红灯绿灯照常换岗轮班
富豪名媛不如野猫自在

看屏幕的人转眼看窗外
坐了过山车的人
忽然想踩踩地皮……

山水无语

山水总是无语
无语却从不离去
天蓝蓝水清澈山也葱茏
天昏时水浊山如墨
山水养大的人哪
咋就学不成山水

爱得死去活来的时候
恨也咬牙切齿
纠缠不清乱麻万千条
不能安生
无法安放
休得安宁

学哲人先师无解
学佛无往,学道无法
学减法的阿弥陀佛直减为阿门
学放下,学舍得,学无牵挂
放生了恨,天高了云淡了
那爱也如雾消散

若阳光和月色之下
唯有无聊呆坐的我与此山水
也会问也不想问了吧?

人生必备救援手册

提示一:救者都是农夫
农夫遇到冻僵的蛇
仍然必须救援

提示二:救援严守步骤
首先用胶条缠住嘴
后可放进胸口
救助发乎人的本心
咬啮也是蛇的天性
天性本心无对错
安全操作讲规矩

每个救援者都姓东郭
再次遇见受伤的野狼
仍必须救援,不救犯法
狼是一类保护动物
救援先捆住它的腿
然后再塞进编织袋
见死不救你有错
救狼不捆你更错

提问:遇见以下情形
农夫和东郭如何救援——
前女友美容毁容
前来借钱,借还不借?
老大爷摔倒大街
四周无人,扶还不扶?……

——好消息，专递告之
增强版救援手册
正紧急增补修订！

你不是你

银行柜台变成会说话的机器
　"请插进身份证，再插银行卡
请对准镜头眨眼
再低一下你的头
对不起，验证失败
请取出卡，再见！"

这个假装有礼貌的家伙
无礼对我说：你不是你！
大堂经理一本正经告诉我
这个说谎家伙是对的：
　"你验证指标74，到80才行
再努力一次，你要取钱的话"

这个公然说谎家伙
让我面对尴尬现实
我只能向这冷血机器投降
微笑，眨眼，再次低下头——
这世上有人扮演总统
假的比真的演得还要像
此刻我费劲却没演好自己
为了拿回点自己的钱……

和平新消息

请带上足够的眼泪
出席这盛大的葬礼
为埋葬年事已高的和平
在她纯洁的羽翼下
有在这一年死去的人们
还有躺在弹坑的玩偶

司仪大声念悼词
正人君子们脱帽
孝子贤孙们哭泣
达官贵人们低头
关于死亡，该说的话
都大方地说上一遍

于是吵醒了那些冤魂
回到他们阵亡的前沿
在现场直播摄影机前
穿上迷彩服后满血复活
拉响警报，也勾动扳机
再次按下发射器
葬礼四周响起了迎宾炮声……

独木成林的秘密
（组诗）

周占林

郁孤台怀古

嬉笑的声音早已逃离
辛翁的《菩萨蛮·书江西造口壁》也隐入历
　史
我像一棵野草，雨中登访
而伊人却远在燕京

看着那章水贡水的亲密
有一种酸痛在疯长
赣江水浪的平仄
也透着一种老男人的郁孤

想念老家的大槐树
以及树下亲人相聚时的欢笑
此刻，我想念我的亲人
雨不大，那种湿热

让另类的苦情更加浓郁
遥望北方
我拎着一汪汪的失望
再一次开始独行

在崖口村的稻田我寻找
一只白鹭

重回崖口村的稻田
那些落在稻根上的阳光
闪烁着稻谷的光芒
腐烂的叶子与静止的水
是一幅精美油画的重要元素

我的目光无法穿过厚重的晚春
从零汀洋里吹来的风
有种大海的沉重
那种外乡人独有的归乡思绪
渐渐浓郁
久违的他乡之情
绽放着这个春天最初的鲜艳

其实,我的目光是有任务的
在一群起起落落的白鹭中
寻找一只
当年曾与我凝目相视的老友
那一双双洁白的翅羽
扇动着心中隐藏的那块儿柔软
让一种思念在无限的空旷中
开始接近昨天

把曾经的诗句举过头顶
那只曾经的白鹭
在我虔诚地期待中
重回当年

冲口村风水林遇雨

每一滴雨水
穿过茂密的榕树之根
如同一把钥匙
打开外乡人对这里的探密之门
每一棵根须成木
成林,成森
都是怀有风水之命
冲口村,来了就不想飞走的鸟儿
不停地鸣叫着
独木成林的秘密

在林中行走
每一滴蕴含清香的落雨
敲击出歌一样的抑扬顿挫

温柔的风
吹出它处不一样的笛声
乡里乡亲的鸡毛蒜皮和磕磕碰碰
都在这棵大树下
找到化解的灵丹妙方

也许这是一场蓄谋已久的雨
用冲口村独有的风水
迎接一个个行吟诗人的到来
一切在这里都不用回避
走过去，吉祥沾满
诗人们疲惫的脚步
道路两边的落叶
用道之不尽的静美
传唱一首无法遗忘的歌

南朗的每一棵小草都精致无比

第一次来南朗
我就爱上了这里
那些躲藏在仙境中的南国风光
像我尘世中寻觅千年的诗情
流淌着这一世的无尽画意
来到岭南，仿若梦回故乡
而这个真实的梦
氤氲着无边的大海气息

我行走在南朗的街道
路边的树蓬勃着南方的葱郁

一幢幢高楼
是这幅画中最美的写意
而山水花草
用一种禅意来表述这里的繁荣
我就像一个跳动的符号
在这首动听的歌中无法静默

南朗的每一棵小草都精致无比
它用一寸一寸的绿
来接近南朗大美的核心
让所有光临此景的人
在一片幻景中穿行
每走一步
对这里的爱便会浓郁一分

我在槭树林静候一个人

你说，你要找一片槭树林
一片在长江入海口燃放的红叶
和我一起写一首春的歌
于是，我便背井离乡
踏上这个无法中止的行程

也许是我来得太早
这一片槭树林
正绿得滴水
就像这个下午的此时
雨就像从绿叶中
倾泻而出

缠绵的雨不停地下

我却不想打开那把相思的伞

有些事儿扎了根

就像树林中的这些树

所有的一切便无法阻止它的生长

槭树林是长江入海前

留下的最后思恋

有江的激情海的辽阔

我行走在林间

凝视着每一片叶子的七个棱角

静候，你的到来

所有的花见了你
　　都黯然失色

我不想叫你的小名

总认为小叶鸡爪配不上你的美丽

在绿色之中，红色的花朵

就像一只只飞舞的精灵

让我沉醉其间

立于树下，无法站立成一种高大

凝视，让一切的不可能

在槭树的大美中

变为可能

那些梦想中的不可及之处

一伸手

就握在了我的手里

透过花影

默默地注视着远方的她

风吹叶动，一曲曼妙的舞会正在进行

流动的色彩

诠释着无尽的美妙

仿若浮一大白

自有说不出的惬意弥漫心间

等她，在槭树之下

做一个赏客只喜欢槭树之美

在花影里，静送春天远离

亭亭玉立的槭树之花

一片温婉

让一个等待心上人的痴情者

心情如此美好

命运之诗（组诗）

曹宇翔

长春桥

长春桥，你生动名字里
镶嵌了一颗春天的绿宝石
粼粼碧波，仿佛没使用过的蓝天
镶着春风春雨，万家灯火
晨曦又升起生活的笑声

河两岸先是山杏迎春花
接着桃花樱花，西府海棠
东望长路枝干结出一轮春光红日
百合花粉色杯盏盛满春天
西山月，半含一声风铃

长春桥我和孩子们的家
都在近旁，曾领幼年儿子
在河边游玩，他捧起水草丛几只
黝黑蝌蚪，惊喜怜爱眼神
像捧出夏天的一片蛙声

在春之桥凭栏一望无际
央视塔，高挂云端红灯笼
河边的学院，购物中心，地铁站
观赏岸坡几朵米粒般小花

春天婴儿，刚睁开眼睛

走过岁月长春桥，记得
一个初春午夜在桥上与一只
流浪狗相向而过，像想起什么事
距几米站住，相互定神回望
一会儿又消逝在夜色中

噢，孩子

孩子，我这粗糙的手
甚至不忍抚摸你水果般的脸庞
依偎着童谣，依偎着爱
刚才窗外肯定是鸽子在飞
风抖绸缎，一群哗哗闪亮的鸽子
带走你好奇的目光

现在，我们一起玩吧
数一数，还有什么鸟儿在飞
还有什么花儿在开放，尤其是在
这样的春天，静静地望着你
一个长者想起他的童年
想起他的父母，遥远故乡

尤其是在春天这样的清晨
你在练习写字，深吸一口气
工工整整写了一个字，两个字
你微笑，整个春天在微笑
那简单笔画里，稚拙笔画里
溪流捧出蓝天，万物学习歌唱

噢，孩子，一个小小少年
向这边奔跑，一脸红扑扑霞光

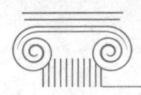

一条阳光大路没有尽头
这个辽阔的世界没有边疆
再画一棵树,让它扎根大地
再画一只鸟,让它飞翔

忆故人

那时我住魏公村一座破楼里
他和朋友们,常到我的陋室玩
楼下吆喝屋门敲得嘭嘭响,喝酒
下棋,一屋子烟,兄长大街上
哈哈笑,像顽童,无忧无虑

毕业名校一家大报副刊编辑
时常约我写稿,两次刊登陋照
多次作家自白、小诗和创作手记
格外敬业,每次都认真寄样报
长得人高马大,字迹却秀丽

后来我搬宣武区装修房子
母亲病重住院,儿子家长会
母亲和儿子,肯定比文学更重要
我几乎不再写诗,忙啊累呀
从此也极少和朋友们相聚

一天深夜他打电话,像有
什么话要说,欲言又止,问他
有事吧?他说没啥事。母亲的病
单位差事,我整天焦头烂额
谁想不久传来他离世消息

突然意识到他那晚电话是
告别,什么坎让兄长迈不过去
若当时能长谈:死简单活不容易
能否打消去意?一直顺风顺水
不像我乡下人抗摔打皮实

2001年9月去领鲁迅文学奖
与另一位获奖诗人游西湖,他
说"虽然我们同在北京从未见过面
但我们有一位共同的朋友……"
抽烟怔怔望远处,怅然无语

故人离去十六七年了他有过
一次婚姻,没有子女。有时在
大街远远看到一个人红上衣,我想
是否兄长?他上衣有时也这颜色
风一吹,一面哗哗欢笑的旗

家,安好了

音乐里那支欢喜长笛
此刻吹响你的心境,丝绸般
明亮旋律叶子,该是飘自
北方原野,向晚枫林,南国之春
你途经的岁月,远处青山
大海怀抱的岛屿风景

越过消融在身后的寒冷
谁曾苦苦寻梦,自询不歇
追问不舍,唤醒人生的深长记忆

永逝事物恍若昨日。而此刻
背靠高远秋天听一支长笛
你在休息。家，安好了

一切都远去了那些痛楚
叹息，煎熬哀伤。连年骤雨
呼啸狂风。如秋天湖泊清澈见底
又深不可测，那些浑浊凌乱
一切都有了明晰自洽对应
焦灼长喊有了绵长回声

比天涯还要遥远和旷茫
那些日子，言词，那些劳动
目光，面容，生命温情。蓬勃的
青春，人生的艰辛。你有时
会想到未来季节，那该是
生动冬天。家，安好了

多么美码放整齐的劈柴
高高劈柴垛，里面藏着温暖
瞌睡红火苗，嬉闹的春风。垛顶
会有斑驳残雪，每天这般静好
一大早准有一对儿花喜鹊
站在上面喳喳叫个不停

陶醉于一支长笛嘴角现出
浅浅笑意，多么幸运，安生
心敞开，是百鸟鸣啭的翠微之谷
装满阳光，命运之花，富足

宁静与康健，方圆十里你是
最幸福的人。家，安好了

阳台之诗

宽大的阳台，宽银幕电影
明净的双层窗玻璃似有似无
喜鹊，鸽子，要飞进客厅

我住五楼，窗下花园踮起脚尖
海棠，樱花，合欢树，玉兰
云杉珍珠梅，丁香石榴树
我在心里默念谁的本心名字
谁就抬头看我，枝叶微微晃动

一到这季节就有许多喜事
月夜唧唧虫鸣，唧唧跳跃欢呼
像喇叭花状细小喷泉，刚好
到达五楼窗沿，不断喷涌上来
划萤光弧线，调皮跳落草丛

听到达达蹄音从远方而来
能是谁，将要送来今日的喜讯
一匹春风快马，星夜兼程

在变形的世界中沉思
——答法国汉学家索尼娅·布雷斯勒十问

赵丽宏

索尼娅：《变形》这个标题唤起了一种持续的转变。您能否谈谈这一概念在您的生活和作品中的重要性？

答：我们所处的世界是在不断的变化之中。在不同的人的视野中，世界的变化的形态也许是不一样的。有的人对周围的事物发生的变化极其敏感，也有人视而不见。世界的变化，其实也是人的变化，人的观念的变化，人对历史的认知、对现实的判断、对未来的憧憬的变化，引起他们心目中的外在天地的变化。我的很多诗作，是在描述这样的变化。这样的描述，也许非常主观，是一孔之见，是有别于常人的妄想和幻觉，但对描述者来说，是真实的。世界上，其实还有很多恒定不变的事物，但这些不变，大多是精神的产物，譬如心中的某些执念。我一直希望自己"以不变应万变"，不管这个世界如何变化，不管周围的现实如何喧嚣，保持心绪的宁静，坚守自己的目标，保持自己的品格，不虚伪，不媚俗。我曾经用"礁石"作为自己在网上的笔名，表达的就是这样想法。

礁石在海中，经受汹涌的海浪永无休止的冲击，但他永远以不变的姿态屹立着。但浪中的礁石其实也在变，海浪的冲击和腐蚀，在它的身上留下了痕迹，那是在远处无法看清的累累伤痕。变与不变，永远是相对的，也是相辅相成的。

索尼娅：本诗集中许多诗歌探讨了记忆、时间和变形等主题。这些主题如何反映在您的个人生活体验中？

答：记忆这个词，涵盖了过往的所有时光和经历。不管是清晰的往事还是模糊的印象，不管是轰轰烈烈的事件还是幽光闪烁的瞬间，都是记忆。我的大多数诗作，都和记忆有关，在我的诗中，它们展现的也许是一段往事，一个人物，一段对话，一个场景，一个表情，一段音乐，一件器物，一丝微笑，一滴眼泪……在沉思时，在旅途中，在梦境里，它们无时不刻地会叩响我的思想和情感之门，给我写诗的灵感。而所有这一切与记忆有关的诗句，都有一个潜在的主题：时间。

时间笼罩着记忆中的所有细节。也许还有另一个主题：变形。记忆中景象，经过时间的酝酿，重现在诗句中时，已经面目全非。

索尼娅：在诗歌《此生》中，您讨论了痛苦与快乐、斗争与追求的二元性。您如何看待这种二元性在您诗歌创作中的体现？

答：《此生》这首诗，其实是对人生的反思，对生命的反思。我近年的很多诗作，都是在做这样的反思。回溯生命的过来之路，有迷惘忧伤，有苦痛哀愁，也有欣喜愉悦，有欢乐的笑声。那些不同的情绪，在生命中不时交替，也经常是交织在一起，你中有我，我中有你。人生状态中的二元性或者说多元性，他们之间的冲突纠缠，无时不刻地陪伴着每一个人，让你沉迷，让你困惑，让你惊恐，让你忍不住回头寻找自己的脚印，也不断审视自己的所在之地，并不时自问：我是谁，我在哪里，我要去什么地方？

索尼娅：在《平衡》这首诗中，您探讨了过去与未来之间的平衡。过去与未来之间的这种张力如何影响您的诗歌创作？

答：你把这首诗的题目翻译为《平衡》，中文原诗的题目是《天平》。天平，是一种测试轻重平衡的仪器，也是一个可以让人产生很多联想的意象。天地间没有绝对的平衡。我们其实是生活在一个失衡的世界。我们在追求或者希望的平衡，只是相对的平衡，只是一些我们希望抵达的瞬间。而不平衡，却是生活的常态。在诗中，我让自己站在一台天平仪的中心，试图以自己的移动来控制天平两边的平衡，而天平的两边，不是具体的有重量的物件，而是两个无法触摸的抽象概念：过去和未来。使自己成为平衡支点的想法，当然是荒唐的妄想，你再怎么移动位置，也无法在过去和未来之间找到平衡点。过去和未来，每个瞬间都改变着它们的位置，时光的流逝不受人控制，世界的运转也自有其规律，在失衡的天地间，保持着自己的独立和恒定，才是智者的态度。正如孔子所言："日月逝矣，岁不我与"；"人之生也直，罔之生也幸而免。"

索尼娅：您的诗歌《通感》在感官与感知之间进行了探讨。通感在您的创作过程中占据怎样的位置？

通感是一种修辞手段。把不同感官的感觉沟通起来，借联想引起感觉转移，"以感觉写感觉"。以相悖的事物折射你想表达的意象。视觉、触觉、嗅觉、听觉等等各种官能可以相互沟通转换，由此及彼，不分界限。以《通感》为题写诗，是用这样的修辞手段，把人的情感、欲望和人生中种种迷惘、失落和希望，表达得曲折幽邃，让人感觉到一种神秘。而这样的神秘感，在我们的周围无处不在地躲藏着，也无时不刻被遭遇着。直白地写出感受，也许平淡无奇，神秘感随之消失。如果借用通感的手段，非常规非常理地表达自己的感受，会给人更深刻的印象。通感的手段，其实经常出现在我的诗中。颜色可以有温度，光芒可以有声音，声音和气味可以变为具象的物体。譬如《温柔的暴行》，

答问录

也是通篇都用了通感的手段。

索尼娅：《我的沉默》这首诗似乎暗示着一种深刻的内省。沉默对您作为诗人意味着什么？它如何影响您的创作？

答：沉默是什么？是无声，是哑口无言，是失去了说话的欲望和能力？一个思想者，一个有情有欲有理想的人，不可能变成一块不会说话的石头，如果在这个世界上彻底消失了声音，那意味着死亡。你说我的这首短短的诗"暗示着一种深刻的内省"，谢谢你的理解！中国人有一句谚语：沉默是金。涵义其实很复杂，它的意思并非简单地赞美沉默，不说话不表态就是高洁的智者。当人声喧嚷，人人都争着发声，争着表态，争着表现自己的聪明或高尚的时候，你的静默的姿态，你隐忍不发的态度，表达的是你的独立和正直，不媚俗，不趋炎附势，不言不由衷。沉默的背后，其实有声音，这声音，也许振聋发聩。我的不少诗，其实是在沉默中写的，在赞美这种沉默的态度时，我的文字还是发出了声音，但这是发自内心的声音。

索尼娅：《木偶》这首诗中的隐喻非常强烈。这一形象如何与您自身的生活与艺术中的自主感或控制感产生共鸣？

答：牵线木偶是中国福建省泉州地区的传统民间艺术，非常美妙。小小的木偶被一根根看不见的细线牵动着，在舞台上做出各种各样的姿态，人的喜怒哀乐，人间的悲欢离合，被这些牵线木偶表演得栩栩如生。你看这些木偶活动时，会忘记他们是被人牵动的玩偶，仿佛是面对着有血有肉有灵魂的生命。但是他们完成表演之后，身上的线松弛了，他们就变成了一堆布片，瘫倒在地上，被人扔进道具箱。活动的木偶，是被人操纵的，是傀儡，没有自主的意识，只是传达牵线人的意志。木偶的形象，确实是一种隐喻，人类历史中，过去的时代和我所经历的时代中，这样的形象并不少见。可悲的是，很多被人牵线操纵着的人，并没有意识到自己形同木偶。写这样的诗，不仅是一种哀叹，也是一种警醒。

索尼娅：在《在天堂门口》这首诗中，您借助哲学人物探讨了存在问题。您与哲学的关系如何？哲学又如何影响您的诗歌？

答：《在天堂门口》是这本诗集中最长的一首诗，三百多行，集叙事、幻想、抒情和议论于一体。诗中出现了古今中外的哲人：老子、庄子、孔子、亚里士多德、柏拉图、苏格拉底、屈原、但丁、尼采。他们相聚在天堂门口，却无法进入。因为，天堂门口藏着无形的斯芬克斯，这一群伟大的哲人，都无法回答来自天堂门内的提问。这是幻想的情境，是一个寓言，也是我对人类哲学的历史和现状的一种看法。我在诗中和每一位哲人对话，但都是浮光掠影，无法真正进入他们的思想之海，无法窥清他们的真实的灵魂。即便是人类历史上最睿智的思想者，他们一生都在追寻的道路上，但没有一位能抵达终极的目标。他们的追寻和表达，营造出一个繁华似锦的哲学花园，引人入胜，每个人都能在这个幽深的花园里找到自己欣赏的花草，但没有一棵花草可以宣称：我就是美的终极，我就是真理的尽头。古往今来所有的哲学家、文学家和思想者，一生的思索、创造和表达，其实都处在一个寻求的过程中，没有人可以抵达终极之点。无数这样寻求的过程，汇集成了浩瀚的智慧和文明的海洋，足以让芸芸众生在其中游览、观赏、沉思、感悟、惊叹。我想，哲学对我的诗歌的影响，在我的每一首诗中。而《在天堂门口》这首诗中，也许有集中的体现。这首长诗在中国的一家重要的文学月刊发表后，获得了这家刊物当年的诗歌大奖，我曾为这家刊物写过一段获奖感言，附录如下：

关于《在天堂门口》

三十多年前，我曾经以《在天堂门口》为题写过一篇散文。这篇散文，和宗教无关，和哲学也没有关系，文中天堂的指代，是音乐。欣赏美妙的音乐，如同站在了天堂门口。在音乐厅里，专注的听众呈现出各种不同的状态，有张嘴惊愕，有闭目遐思，有微笑沉醉，也有人泪流满面。相同的音乐，却使聆听者呈现出完全不同的表情，这是面对天堂的神态。我在文章中写了一位特殊的听众，外表粗陋，却深谙音乐内涵。一个人身上为何有如此巨大的反差？我至今仍不了解，是记忆中一个不解之谜。最近以相同的题目写的这首长诗，表达的是完全不同的内容和主题，但其中隐隐有些许联系。

今年病毒肆虐，疫情改变了世界，改变了人类的生活。在失常的生活状态中，人们的精神状态也发生变化。人类不了解突然泛滥的病毒，在惊恐不安的同时，对很多传统的思维定义也产生怀疑。这个世界，究竟还会发生什么？明天将会是什么模样？人类对真理的探求，数千年来没有中断过，但没有人可以宣称自己已经抵达终极。很多当代中国人以仰视的角度崇拜西方的哲学，认为人类最深刻的思想在那里，接近终极真理的思考也在那里，却无视更为阔远深邃的中国人的哲思。如果把人类追求的终极真理看做天堂之门，那么，这扇门到底在哪里？到底为谁而开？

长诗中的天堂之门，指代的是终极真理。古今中外的哲人智者，很多人自以为接近了这个天堂，甚至已经叩响天堂之门。然而，这扇门，被谁打开过？我想象着千百年来前赴后继奔向这扇门的哲人们，老子、庄子、墨子、孔子、屈原、陶潜、杜甫、李商隐、苏轼、王阳明、顾炎武……苏格拉底，柏拉图，亚里斯多德，荷马、但丁、歌德、托尔斯泰、笛卡尔、尼采、罗素……我想象着这些诞生于不同的时代，说着不同语言的哲人，都被挡在了这扇门外。这些伟大的名字和他们所承受的名声，甚至可以对这扇门不屑一顾，然而他们殚精竭虑，上下求索，历尽磨难，却找不到那把可以开门的钥匙。如果他们在这扇闭锁的大门口相遇，会出现怎样的情景？我想起了三十多年前写的那篇散文，想起那些沉醉在音乐中千姿百态的表情，想起那位外表和内心显示极大反差的爱乐者。

我的诗，也许荒诞，但能在诗中和先哲邂逅，遐想人类遥无尽期的追寻之道，虽只是远观，只是神游，只是臆测，却也可以因此收获莫大的沉醉和快意。企图以诗歌解开天地之谜，提供准确答案，这是妄想。世间永不会出现天堂门口的景象，但文学可以自由想象，并引发思索。天地之间，有太多不解之谜，诗歌的迷人之处，也许正是在不断地提问中。

索尼娅：在《母亲的书架》中，您提到了您的母亲。母亲这一形象如何影响了您的文学和诗歌道路？

答：我诗中写到母亲，这是生活中真实的感受。母亲爱我，关心我，我曾经认为母亲不会关注我的创作，不会读我写的书，因为她从不主动说。多年前，当我发现，在母亲的卧室里，有一个她自制的书架，书架上放的，都是我写的书。这是世界上收藏我的书最完整的书架。对母亲的关爱，我无法用文字完整地表达我的感动。并不是每个写作者都有这样的母亲，都有这样的母爱，我有这样的母亲，是我的幸运，也是我的幸福。在我四十岁之后，我出版的每一本书，我都要第一个送给我的母亲。我不会在每一首诗中写到母亲，但母亲的关注和爱，给了我巨大的安慰和鼓励，成为我写作的一种精神动力。《母亲的书架》是一首纪实的诗，这样的情景，人间稀罕，只需要用朴素的文字写出来，母爱，以及我对母亲的深情就饱含其中了。写这首诗时，我母亲98岁。今年1月，103岁的母亲与世长辞，我想念她！我会为母亲写一本书，不是诗集，但书中一定有我和母亲共同完成的诗篇。

索尼娅：本诗集以非常哲学性和沉思性的基调结束。您如何看待您未来诗歌的演变？您希望通过写作探索哪些新的领域？

答：诗歌中有哲学，有思辨，有对天地万物的认知和思考。但哲学家的结论，不应该出现在诗人的文字中。中国古代的诗人，也曾对这个问题有过争论。中国的古诗，在唐代是一个高峰，唐诗的境界千姿百态，以风情神韵见长。到宋代，诗人追求以理入诗，曾被后人诟病。这样的争论，各执其词，其实并无胜者。诗歌和哲学之间应该有什么样的结合和关联，我在长诗《在天堂门口》有所表达，但也只能是一孔之见。未来的诗歌会有怎样的演变，我无法预言，我大概不会改弦更张，也不会标新立异，还会在自己想走的路上继续前行。

随想录（组诗）

孟好转

秋 意

渐寒渐冷的雨
渐寒渐冷的风
吹起了渐黄渐枯的岁月
田野
在远处 也在近处
可有桃红 可有柳绿
处处闻啼鸟
于耳不绝
恍惚里 却不知
秋天 究竟是一个季节
还是一种思绪

天蓝云白
蓝在了明媚与深沉之间
远处 水还在流着
流在了萦绕与奔流之间
云还在飘着
飘在了升腾与沉淀之间
心还亮着
亮在了喧嚣与冷峻之间

那么,就任由渐寒渐冷的风
吹起一片枫叶

观 鱼

其实,梦就是水
一睡进去,总是一波连着一波

当冰雪奔流着江河的梦
当江河升腾着云的梦
当云凝聚着雨的梦
当雨飘洒着涟漪的梦
我就睡在醒里了
我就醒在一波连着一波的梦里了

一波连着一波的梦里
摇着一波连着一波的头
摆着一波连着一波的尾
闪亮着一波连着一波的鳞
唱响着一波连着一波的鳍
以及一波连着一波的喋

其实,梦就是水
不过,谁又能够成为那条游弋的鱼呢

泡 茶

以一股灼热,升腾一派氤氲
以一派氤氲,笼罩一个下午

以一个下午,冲泡一片茶叶
以一片茶叶,展现一次舒展

或许
一股灼热,也就是一种爱抚
一派氤氲,也就是一阵迷惑
一个下午,也就是一次沉淀的人生
一片茶叶,也就是一个沉淀的自我

至于
这一次舒展是不是下一次舒展
灼热不说,氤氲不说
黄昏不说
而茶叶只是与我互相望着
也什么都没说

成 熟

我低头沉思的时候
雪正落着,无声地
把我埋进不需要被理解的寂寞

春江水暖,先知的总是眼波
随涟漪一层一层地漾开
鸟的天空

鸟催过以后
花叶长出了翅膀
而花的鸣叫
总是朝着秋天的方向

刹那间的成熟
应该从雪里开始的
然后，结出的那种会爆裂奇迹的浆果
像是石榴

发　现

伸手　去触摸天空
才发现，满耳的风
就是我曾经扬起的
一阵又一阵笑声

伸手　去触摸天空
才发现，满天的云
就是我曾经放飞的
一羽又一羽的梦

画廊读画

1

牧童的那根手指
垂落之后
杏花，说谢就谢了
曾经以杏花酿酒的坛里
只剩下一枝杨柳
在清明雨中哭泣

这枝杨柳
莫非就是牧童的那根手指？

2

选一个晴朗的日子
选一个阳光明媚的日子
锄落锄起。刨出盘根
挖去错节，在日头下
晒干了，一切枝枝蔓蔓
以及枝枝蔓蔓的蜚语流言

刈草于我　有关或是无关？
在这里，我不想说

3

在无际无涯的混沌之中
在无际无涯的呼啸之中
鸟飞绝
人踪灭
一片孤城万仞山
矗立在无际无涯的坚持之中

如果最后只剩下一堆瓦砾了
会不会成为另一道风景呢

古人今诗（三首）

曹　旭

李白还乡

你还乡的时候
　　月色那么好
　　孤鸿那么美

今夜人人举杯
　　庆祝的白水
　　也能喝醉

满天的星星
　　一闪一闪的眼泪
　　女粉丝都欢迎您的回归

一辈子做官
　不如写诗

写诗不如登黄鹤楼
　　登黄鹤楼不如将进酒

既然已经赐金放还
　　你又何必再登一层楼

当春天的柳绵飞起来
　　你决定脱下衣锦　还乡

我赞成你　还乡以后
　　可以种三亩竹子

让月下的风声和斑竹
　　都成为流泪的诗人

等所有的竹子
　　都长成青青的排箫

你就用它们
　　慢慢地吹奏

你明月一样的后半生

李煜与宫娥

且说李煜到了汴京
　　整日以泪洗脸
　　仍然捧一颗诗心

在无奈地喝了
　　宋太祖送来的毒酒以后

我们便在文学史里
　　集体地原谅了他的荒淫与天真

当皇帝是他的不幸
　　但他幸运地当上了词人

使他的文化影响力和文学粉丝群
　　反令宋太祖俯首称臣

不必问今生
　　江山不如美人

江山不是你的江山
　　美人却是你的美人

当年那些
　　唱着别离歌

被强掳到北方
　　垂泪的宫娥

现在成了一群
　　失业的妃子

她们当起模特
　　集体出了深宫

她们的步履美妙追风
　　她们的胭脂涂得通红

她们已化成绮丽的晚霞
　　舞蹈在江南千年的夜空

苏东坡的庐山

远看近看横看竖看
你的真面目
　　苏东坡始终没有看清

李白最天真
他学东山谢安石
　　结果投向叛乱的永王李璘

生在庐山我无法选择
我只是后悔
　　活得离瀑布太近

高音喇叭日夜轰鸣
所有的人在瀑声前
　　都丢失了本真的嗓音

遥看阳光下的瀑布
喷一腔血
　　如嵇康临刑

看你苍茫的云海
变幻的玄机是雾
　　我乘一筏乱云飞渡

我是一只
有思想的玄豹
　　藏在你风光的深处

梦转华亭（组诗）

薛锡祥

时光雕像

谁能说你是冰冷顽石
你有生命、心跳、温情
我喊你，你转瞬回眸
沉默的目光荡漾笑声
你在我的影子里走动
霓裳飘逸，裙摆生风
玉手抛花，袖筒里飘出烟雨江南

你跳梦芭蕾
红舞鞋锥进了人心
纤指弹拨，拨断了我的琴弦
我的琵琶从此哑声

转身灵动，投足轻盈
踩着我的梦
踩着我的痛
摸摸自己
就怕丢失那根神经
殊不知我是托住你的云
捧起你的星
追光你的灯
你绝对不是凡间物

你是有灵魂的美女峰

你在我的远方
我在你的近处
你是时光的雕像
千年已过
你依然是华亭最年轻的风景

竹海箫声

少女，择我为箫
竹笛以我为邻
漫山遍野都有我的伙伴
生于竹海
我从未独身

时间，在我身上钻孔
红唇，吻我吹奏
带露的音符滴落
滴湿了村姑的短裙
且歌且舞
且诵且吟
文静，宛若仙子
狂野，我也能发疯

竹海恋春
花溪流韵
红蝶醉梦
翠鸟追风
闻箫皆动容

一根根纤纤柔指
抚摸我优雅而又空灵的心

茶　缘

玉兔初升
弦歌四起
在浦江之首品茶
品谷雨几分新绿

从西子湖畔飘然而至
叶片上滚动杭州的阳光
梅家坞的笑声
佘山留住了天堂树叶

从此，上海的茶壶里
沸腾着虎跑水的春意

斟一杯，壶嘴里跑出了柳浪莺啼
一抿知芳心
一掬吻真情
隔山隔水相邀
中冷泉、惠山泉、剑池泉
泡成了上海龙井

斟二杯，杯中摇动三潭印月
西子画船划进了浦江

斟三杯，一半是钱塘江涛韵
一半是浦江低吟

苏东坡灵感大发
在魔都之巅放歌
吟我之吟
诵我之诵

茶缘无尽，抿一抿
尤闻采茶女的指香
在浅浅唇边
一曲采茶调
涌动一江春水

云间钟声

一棵古樟昂立在厅前
潇潇抖落三百年风雨
一丛古牡丹在厅后
摇曳一百年绰约风姿

曲水竹林分左右
青山宾主列东南
十里荷花五里梅
不尽风流倜傥
左手挽古槐，右手挽牡丹
我是董其昌的书法左一撇右一捺

我触摸四面厅，与历史对接
落入掌中，是云间画派的笑声
吟诗作画，咏觞会友
明代的月亮，给东园留下一只聪耳
至今还在倾听夜半钟声

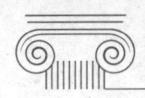

呈现《枫桥夜泊》的意境

挂在六角翘檐

那只木鱼还在敲

敲响"秦帝观沧海、劳人何得修"的绝句

敲响一千年华亭采莲的记忆

寒山寺现身侧畔

听梵呗唱诵，和声雅韵

听古渡吹箫，跨塘乘月

听西城塔影，南城花荫

听颐园幽梦，醉白清荷

听史前、三国、两晋

云间钟声忽断忽续远远近近

在穿衣影子里

是你在吟诗吗

长安一片月，万户捣衣声

秋风吹不尽，总是玉关情

是你在织布吗

转转轻雷秋纺雪

弓弯半月夜弹云

你走出松江，走出上海

你依然织布，织海南风情

在鹧鸪啼处，在椰林

学艺黎族姐妹

纺车，把摇曳的烛光

纺进了衣被天下

把自己的意愿

纺进了温暖

织经天纬地

织人间四季

织五更梦寒

织鸡啼星落

织你耳缀子摆动的无眠

织一织再织的梭声

至今，在穿衣影子里

还能找到你——黄道婆

天 妃

我从风浪中来

航程已结束

噩梦却未醒

甩不掉

心有余悸的尾巴

船已破碎

无系的心舟

漂到松江方塔园

在天妃娘娘身边卸下惊恐

江南水韵，黛绿芳草

知春、知秋

木鱼敲打灵魂

一支高香

点燃我的祈福

山道弯弯

雨点，在368级上打滑
一滑到底
摔破了正在构思的诗句

行人，拿思想走路
脚步停顿在空中

心狂跳，踩响了368个寂寞
一朵桃花懂得，这是斜面钢琴
368根键码
自弹自唱：半壶月光半壶诗
是醉是醒有谁知

我沿着368级登山
石阶竟然开口说话
我的耳贴石面
听到一把伞和一对红唇咬字的声音

扛起368级
我的肩膀是一座山

旱地雪橇

一条时空索道
三千年陡峭山地
悬崖百丈
速滑我的雪橇

双人吊篮吊着勇气、胆量
地球在我脚下
我在世界头顶
向昨天滑去
听陆机、陆云草堂读书
山水有灵，跟着诵读
读小昆山题词勒刻
读李白、杜甫
读莫公是龙
读黄公传笔
读剑亭看剑
读银甲将军
感悟禅意
置身亦梦亦幻
花晨夕月
读箫鼓画船
绿筠二十亩
种的都是心情
读半山半水半书窗
鱼跳密叶身无影
燕掠平芜静有香

纵横岁月，仰仗千古才俊
极目揽胜，遨游天高海阔
滑12道弯
弯弯惊心动魄
滑606米悬空
我的心跳进了银河溅出了涛声
滑60米落差
才识人生是一枚惊叹号

旱地雪橇滑向昨天
昨天迎面滑来
乾隆游览小昆山
御笔题诗：
三圣阁"风送钟声传万里
名留鸿宇播千秋"
滑来牵马石、白驹泉、福田寺
滑来皇帝与老和尚对对联
铁笔点顽石
龙马饮玉泉
风送飞来客
月随夜人归

旱地雪橇
滑来滑去
在岁月的轨道上
滑成一串无痕无迹的流星雨

耳朵听报

你是一张名叫"耳朵"的报纸
虽然我不知道你有多少耳朵
也不知道有多少舌头对你说话
但我知你并不轻松
你的刊头印着一个（？）
钩住一颗颗吐真言的心
好话你要听
坏话你也听
所有的喉咙
发出的不是一种声音

带刺的辛辣
赞美的甜韵
包容在你的千言万语之中
我翻阅松江，翻阅你的1920
摸摸自己的耳朵
测试自己的心胸

丝网版面

一片枫叶跳进了丝网版面
跳进了蝉鸣
我听蝉
听出了秋叶血脉的声音
秋是你丝网版面的语言
你画进了四水会波、花桥观鹭、海上寻梦、
西部渔村
版面又添九点芙蓉、仙坡问石、佘山修篁
……
色彩漾开天空的蓝
柔指轻弹
丝丝白云从画面飘落
落入梵王之宫后院飞檐
与一片黛瓦凝结
融入《松江竹枝词》的韵脚
我轻轻一挥手
又回到绚丽七彩

岁月吟者(组诗)

余志成

岁月吟者

诗人走进岁月

岁月的声音开始流动

我聆听绿叶聆听果实

就想起单纯和明丽成熟和热情

就发现烙在大理石上的那一排排汉字

这高贵的母语

沿亘古的河流金黄的麦粒走到今天

缠绵的雨滴就像岁月流个不停

裸露的岩块缄默无声

还有老树 老树

黑色的眼睛粗糙的手指

趁宁静之夜光在艰难地求索

求索 求索 求索

岁月啊岁月

多情的种子总让大地享受着温暖

大地如同诗人

不断解释诗人的诗和诗中的人

把善恶美丑推向雪亮的峰巅

在语言的酒杯里震颤裂变

一字一句映照出汉字的纯粹光环

这光的力量这超然的魅力

是历史的野菊花是心灵的常青藤

是岁月体验到的吟者的美妙家园

给生命归以生命 给我和你

展示了世界中的自己和自己的世界

把劳作者那汗水那脚印那平凡那荣光

通过岁月的足迹镌刻进热恋的生活

一杯咖啡的时间

有色的时间

流动的时间

索取的时间

消磨的时间

一杯普通的咖啡

不普通的是时间

是那分秒的滴答

是那滴答的撞击

是那撞击的心境

是那心境的灵性

当时间被有色被流动
当时间被索取被消磨
一杯咖啡不再普通
一段时间不再流走

我一直在爱

被雨水润泽的是净
被阳光镀亮的是暖
被大地滋养的是纯
被心灵穿越的是诗

我一直在爱
爱雨水的那份净
爱阳光的那股暖
爱大地的那般纯
爱心灵的那首诗

我的爱翱翔飞越
在万种风情的大海
在饱经沧桑的田野
在佝偻背影的母亲
在正茂风华的少年

我的爱是中国的象形文字
花朵般盛开在我的生活里
我的爱更是无悔的信念
永恒坚定在我的生命里

水墨慈溪

时光从嘈杂穿越幽静
不可替代不可复制的
是慈溪那一片景色
那白墙瓦顶的民居
那胜山环抱的树林
那塘河江水的人家
那河姆渡址的故事
每一段细小的情节里
展露的霞光沁心般朝气
舒卷的夕阳梦幻般柔情
包括田边淅沥的小雨
包括劳作纷扬的身影
逛街买菜吃饭休闲
印象慈溪的生活啊
其实幸福就那么简单

布依舞

转起来 飞跃的情歌
转起来 喜悦的铜鼓

转起来 欢乐的山竹

转起来 快活的篝火

布依舞

如清纯般芬芳的晨曦

布依舞

像撩人般神秘的晚霞

布依舞

展示了布依人明亮的语言

布依舞

开放了布依人时代的花朵

来贵州吧

与布依小伙转起来

大山会寄托你无限的情怀

来贵州吧

与布依姑娘转起来

清泉会映照你美好的祈盼

转起来 快活的篝火

转起来 欢乐的山竹

转起来 喜悦的铜鼓

转起来 飞跃的情歌

福 猪

有人说你很懒

是否把自己懒成了胖猪

胖得摇头晃脑

胖得笑容可掬

胖得独步方圆

胖得宽容坦诚

有人说你很笨

是否笨得更加愚钝

愚到享受大腹便便

愚到子孙绕膝不得安宁

愚到大肚空空成"扑满"

藏起了孩儿们的钱币与欢喜

其实胖也是你的可爱

愚更是你难得的糊涂

你全身裹满的是福

你神情驿动的是心

欢愉逍遥本质纯

心底无私不争春

想象自己

想象自己是云

自由飘逸在蓝天

想象自己是水

任鱼儿欢快游戏

想象自己是树

让鸟儿安心筑巢

想象自己是电

照亮了千家万户

想象自己是二维码

为爱者打开惊喜

想象自己是元宇宙

为智者超越现实

想象啊想象

其实自己还是自己

走自己的路好好生活

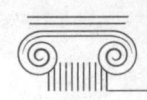

词与词的空隙飘过眼泪和风
（组诗）

崔丽娟

树和天空

树的手指和天空镜子打着哑语
用枝干，树叶，汁液，全副武装
这情形很像诗人沉默着以词濡血
乃至用心脏、骨头、筋脉和虚空做无声交流
缓缓地勾勒时间的轮廓

天空镜子将太阳，雨水，冰雹泼洒下来
是将热情，温柔，冷漠分给了树
树，向上成长
——伸展枝干、分泌汁液、扎紧根系
如石沉默让语言之舌舔尽废话

树叶摇摆尚未被风斩落的头颅
继续和天空打着哑语
流星的马车划过湿润的苍穹
带我走出词语的迷局。诗的边界被打开
我看见，词与词的空隙飘过眼泪和风

孕：未来之诗

我喜欢这样的生活
像真爱一个人似的爱写诗
出版一本诗集犹如酝酿一个孩子
十月怀胎，以缓慢速度在温暖的子宫里成长
激情和想象力就是全部营养
每天构思孩子的模样
宛如雕琢一件精美的艺术品
一笔一画，小心翼翼
如何遣词，如何造句，如何成型
如何上色添彩，如何烧制出窑
如何在呱呱落地之前
不被外人窥探内心的秘密
暗地里，以虔诚之心憧憬，偷偷欢喜
诗人犹如年轻的母亲
当孩子降临，幸福地哭泣

文字游戏

我说"窈窕淑女，君子好逑"
你答"自知者明，自胜者强"
佯装一枝玫瑰，或一株小草
如果让"我爱你"

我愿是烈焰，是海洋
是低低的尘埃和高高的白云
可能还会变成狂风暴雨
闪电般呼啸苍穹

此刻，徒有"诗人"其表
因为爱，而心虚
因为你，而词穷
如果让"我爱你"

重申"自知者明，自胜者强"
回敬"窈窕淑女，君子好逑"
卸下盔甲，选择虚无的爱情
不如选择独自欢喜

关于这个秋天

花园餐厅。窗外，梧桐叶轻轻
飘落下来，它给大地深鞠一躬
它相信时间沉淀的朴素道理
相信季节轮回的不变规律
秋风携秋雨赶来
深情，眷恋

俯首低眉构思传奇小说的惊险情节
辨认着命运手指设置的诡异密码
是谁在这个章节巧布了这场邂逅
尚未弄清楚它的暗喻指向
已惘然置身于
故事开头

侍者小心收拾邻桌杯碗盏碟
提醒打烊时间快到
"来，干完这杯中酒"
黄酒过于单纯，不谙世事

依靠几条姜丝
多出一些意味

硌子路上，行人，两两三三
梧桐叶交出疏影的光
街边景致迷人，有意放慢脚步
仿佛不忍和它们分别太快
仿佛不愿泥沙俱下的中年
急匆匆到来

路灯下——
我接住闪烁不定的眼神
也接住了随风吹过来的光芒

飞花令

红的，绿的，蓝和紫，还有黄和金
将蝴蝶的翅膀染得五彩缤纷
我把这些花儿当作银簪子招摇过市
给你生命以装饰，以销魂，以诗意

花的盛开，徐徐如春风
花的凋零，急急如骤雨

离开人群，我躲过喧哗
握笔时，我把心别在花上
听风，听雨，听诗

春风吹过，我是浅笑的两句
骤雨袭来，我是凌乱的两行

很想和你行飞花令，赞美蝴蝶的花事
赞美它翩翩起舞，飞往春色深处
可叹啊，一年的花季就这么长
飞花令，让人断肝肠

大地灯火

午后，逆光，侧影优雅
她端坐在灰色布艺沙发上
像陷在知识大海里的一只小船
虔敬聆听他从远古说到近代
从现代到当代，从诗经到圣经
从孔子到但丁。整个下午，猫咪
在脚旁慵懒。思想光晕照亮书房轮廓
窗外落日浑圆

临别，他从高高书架取下崭新的书
签上名；她鞠躬致谢，接受下来
再度望向那排气势恢宏的书架
仿佛看见一匹智慧快马挣脱缰绳
气宇轩昂地扬蹄飞驰
她按捺不住一种隐隐的冲动：
快啊，骑一上一它！

"再见了"。"要常来"
握手，寒暄，他推门送客
恍惚，走神，她回到俗尘
——我何幸有此良师
大地灯火通明，烟火气袭来

城市午夜

入夜，你的眼睛突然失明
神的指引，一个祈祷的人
双手合十，星星坠落那一刻
开始借幻想的双足远行
怀揣春光的念想，测量距离
心，笼罩空寂

高楼。沙沙的笔触深深扎入
密密麻麻缠绕生活的根须
九重盗梦空间没有铺垫开始
结尾的死结也被烟火燃尽
谁的眼睛痴醉迷离
云彩成为云彩，诗成为诗
所有文字迷航星际

街角，24小时便利店
微弱的光，掩埋在夜色沙漠
玻璃门窗悬浮水蒸汽
风，顺势吹入四处张望的眼
夜行的脚步追逐流浪动物
大街小巷的梧桐昏睡
树影模糊疲惫的脸
街口，昏黄路灯亮着
城市午夜，蜕下沉重的壳

在杨树林里
练习挺拔（组诗）

梅国庆

风　骨

张二楞喝了半辈子假酒
尚存二两风骨
他执意舞文弄墨，不屈人下

一日，他拿到了丰厚的稿费
躲在一个角落里蜷缩……
他说，要把身上的假酒挤出来
换真酒

大白鹅

我昂首阔步是跟我们家大白鹅学的
它桀骜不驯，目空四野
整个院子都是它的辖地
狠起来，寸草不生

在鸡鸭面前它常常表现出不屑一顾的样子
在狗面前也能挺直腰板
它最瞧不起乌龟，空有一副铠甲却爱缩脖子

孤独没有朋友
唯有它那一声长鸣，至今无人能敌
高亢而带有湿啰音，一年四季在院子里
四处碰壁

压　力

一切事物都有它的复杂性
头发越少，脑袋的压力越大
没有了工作，日子过得更累

楼下的那棵樱树也不容易
刚忙完花事，又要背负一身果实
一天下楼，我握住它的枝干
轻声说：加油！

堂　哥

早年离家的堂哥
听说村里铺了柏油路
他点了赞
听说村东头的哑巴还活着
他点了赞
听说二狗子的大儿子在县里当了行长
他点了一个大大的赞
听说王小妮至今未嫁，还是处女身
他给了差评

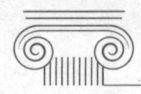

羊　群

白色的羊把一只脚搭在石头上
看向高处,它瞧不起那些自顾吃草
不知抬头的蠢羊

黄羊一副无所谓的样子
时不时扭动着一身的黄羊肉
深得主人喜爱

一些杂毛羊仰仗有基因优势
习惯性翘起尾巴
有几只羊是安哥拉山羊后裔
还有几只有瓦格吉尔羊血统

在它们的眼中

那些没有背景
只会龇着牙笑的黑羊
活着就是个笑话

当我老去

退休后,我不会像老张那样
每天仰望一棵树
我要四处游走

怪石嶙峋的山,波涛汹涌的海
金发碧眼的他国,都要去看看
我还要去沙哈拉大沙漠边上
吧唧吧唧嘴,尝尝那里的沙子
味道与北京的沙尘暴,有何不同

实在跑不动了,就落叶归根
沿着灌溉渠,看看渠边的
灰灰菜、青青稞
水里的蚂蟥、鳝鱼洞、会发光的小米虾
再到那片杨树林里练习挺拔
静待一场壮烈的风
听杨树叶不遗余力拍出
谢幕的掌声

往复的雨

雨伞还没收起,另一场雨又来了
麦田继续仰望,小路继续泥泞

在上一场雨中消失的我
又出现在这一场雨中

还是没作任何改变
继续举着伞、提着鞋、踏雨而行……

时间的转角处
（外二首）

王舒漫

多想呼吁时间别停下
哪怕只有一个黄昏

星星转到看不见的一侧
小窗转暗，我屏住呼吸
想寄给自己一封书信

卷起夜幕，当我接近到
生命最隐秘的忧郁时
却越过了自己的远
时间蹲在转角，没有什么
久远的事聚敛在近处

推开河面的芦苇
一张空椅子，一角河岸的边缘线
都将自己陷入了沉思

当月白上升，清辉高过云朵
当我梦到你的时候
你的梦里是否也有我

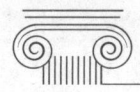

雨 水

时间不晚,好雨来了
绮丽的梦还远吗

来我的瓦尔登湖岸
听我的湖,我的波
端一碗春水煎茶
扯一角云天,泼墨

阳光在水面张扬
我的歌静默
做自己的主人,
我精神深处的后花园
不再是岑寂

趁雨水时节,耕一池月色
种三潭星光,万顷玫瑰
九个金色的阿波罗
和天地光明的微笑

秋,无言

八月,接近冷色
秋压低了你的额头
我们却相互洞见

寒流还未到
太阳的音符挂在云之上
树,远近都是深色的黑
草木隔着山外,一片水有着
怎样的去处

秋沉默,沉默更丰盈
风浅浅地吹叶子,浅青,浅黄
我坐在黄昏,痴望着欲之呼出的淡月
月亦痴望着我。 殷红的夕阳
背影始终不肯离去

 我找不到自己的船桨,
总盼着秋能开颜,开声,却不知
秋有秋自己的胸襟

索性,泼一天澄黄
把孤独唱成你,秋便成了我

散文诗档案

吴伟华，笔名吴乙一，1978年9月出生，广东梅州人。当过兵。系中国作家协会会员、鲁迅文学院中青年作家高研班学员。出版诗集《无法隐瞒》《不再重来》，曾获华文青年诗人奖、红高粱诗歌奖。

落日收集者手记

吴伟华

1

观落日，易慢性中毒，其毒只侵入心脏和骨髓，无药可解，不可根治。

有时，落日又是一剂良药，温润，微苦，回甘。

观落日，你无须做什么，只需安静地望向它，看着它在你心里停顿下来，绚烂的夕阳普照心间，一些阴影被慢慢擦亮，慢慢变得轻盈、透明，仿佛是惊喜的一部分。

一股崭新的、平静的热爱，重新在你内心升腾，飞翔。

你愿意走了很远很远的路才遇见落日，如遇见爱。

你愿意走了很远很远的路，落日依旧还在那里。

2

　　落日是一位伟大的调色师，仅仅用自身的光芒，将人世间渲染得如此绚丽、壮美。

　　它源自天空的非凡想象力，超过了这个世界所有的诗人和画家，它仿佛研习过《道德经》，深得"一生二，二生三，三生万物"之要义，除了红、橙、黄，它无穷无尽地演变，将万事万物镀上谜一般的色彩，让它们在一瞬间获得新的生命，有了属于自己的荣誉和尊严。

　　所有色彩的出现，只为向落日致意，向落日献出它的爱。

　　你还记得，童年时，你看着旧照片中黯然失色的落日，用橡皮擦细细擦拭，试图为它拂去尘垢，抻平褶皱。

　　落日在你的水彩笔下慢慢变得明亮，妩媚，磅礴，辉煌，炫目，光芒万丈……

　　从此，你迷上为落日更换色彩，如同创造一个新的落日。

3

　　落日会跟随悲伤的变化发生位移。

　　偏左时，相思呈淡蓝色，质地柔和，常被误会为天空遗失的一角；偏右时，孤独的分量最重，只需一眼，你心里就挤满了早已挥手告别的人。

　　如果落日掉得太快，那一定是有另外的人，需要它额外照看。

　　落日是永恒的抚慰，直至你的记忆失去了那个明亮的落日，和更遥远的黄昏。

　　落日如诗人，其天职亦为返乡。

　　黄昏每一次发出邀请，你都情不自禁回头，望向来时的路。

4

　　朝阳如母，落日似父。

　　一枚落日悬停在天际，让人间有了具体的、可感知边界。

　　落日是最硬的骨头，紧紧楔在往事的咽喉处，任凭你如何努力，都无法下咽，无法消化。这块骨头患有严重的风湿病，每逢天气变化，则隐隐作痛。

　　落日是酒，新不如旧。观落日，人人皆如善饮者，懂日落之妙，懂落日之美。

　　落日也有胆怯的时刻，其最惧与"乡关"两字相连。

　　观落日，不宜背诵与黄昏有关的诗词，它氤氲着水汽的韵脚，无意中会刺痛人；不宜在旅途，不宜在荒野；尤不宜隔着一江水，隔着高矮不一的屋顶。

　　黄昏催人老。落日催人回家，仿若一个坐标，一枚指南针。

　　唯冬天的日落最可亲，它温暖、柔软的

光辉，似一种恩泽，高楼得到的，低矮贫穷的老屋也将得到。

5

作为一名资深的落日收集者，你见证过无数落日的诞生与消失。

你相信，它只是在你看不见的地方与另一枚落日悄悄互换了身份，再盛装归来。

落日并非为时已晚的预言。

当你身边空出的位置，再一次被黑暗填满，黑色，从此有了爱的属性，其类似黄昏的留白，少胜于多，无胜于有。

你对着正在消失的落日喊了一声，回声深不见底，仿佛来自月亮。

6

你收藏的落日中，最轻的来自于福利院上空，它无法降落，却又迟迟不愿飘走，仿佛一个被神秘力量牵引的气球。最重的那枚落日，采集自某个抢险救灾现场，堤坝崩溃，绝望的人们站在高处眺望洪水中摇摇晃晃的家园，每个人眼中的落日，都似一滴凝固的泪。

最孤独的，悬挂在喀什一家寺院的飞檐上，它走了那么久，悉心照料完帕米尔高原上连绵的雪山之后，才赶到这里。现在，它安静地陪伴整齐的诵经声，然后再告别离开。

最明亮的，来自正在拆迁的老旧小区，那对无家可归，无处可去的老年夫妻，站在摇摇欲坠的天台，高举双手，仿佛要接住这颗灼热的太阳。

你还收藏过一枚灰暗无比的落日，它在生机勃勃的城市边缘，望着乌黑的河流、浓烟滚滚的工厂、死气沉沉的流水线工人，此时落日如智者陷入了沉思，思索着要不要从这里路过。

最欢快的落日，在深圳前海湾畔，霞光逶迤，那么多人在浪花上起伏，如同更小的浪花在绽放，在跳跃，在旋转，在飞舞。

你最忧心的那颗落日，在静谧的故乡，村庄越来越空，落日越来越大，大得你忍不住想在上面添上更多人的呼喊、哭声、笑声、骂声、添上禽和兽的声音，小鸟的歌唱，流水的响动，让它们相互取暖，相互应答。

你最爱的落日，还是来自故乡，从童年到现在，它总是在相同的位置，点亮一排排树木后沉入山的背面，直至黑夜的轮廓浮现，山村愈加安静，仿佛一个柔软的梦。

还有一张照片，一队蚂蚁抬着巨大的食物，走在回家路上，它们的触角挑着耀眼的光芒，落日有如幸福的糖浆，均匀地洒在洞穴门口。

7

　　落日在大海尽头缓缓下沉，它要在海水中再一次确认自己。你看，它跟海平面上升起的那轮朝阳永世相守，不离不弃。

　　还有那么多鲸鱼、水母、海螺、水草……需要它反复的映照。还有那么多生命，需要落日和黑暗紧紧包围。

　　落日带去的光辉，在大海中永远不会腐烂，融化。

　　在平静的大海上望见落日，它撒下无数金子，铺就一座桥，等待着将你带回家。

　　你面向落日，轻轻说了一声：晚安，亲爱的大海！

8

　　高速公路上，刚刚经历了一场暴雨，密集的雨水像刀，像剑，像箭，像急于摆脱自身的咒语，呼啸而来。

　　穿过雨阵，突然出现的落日：硕大，浑圆，涂满了金黄的蜜汁，仿佛大地新呈上的祭品。落日下方，是连绵起伏、闪闪发光的群山。

　　那一刻，所有车辆都放慢了速度，如同朝向神圣的事物。

9

　　东莞，虎门。

　　遥对高耸的桥梁，一座港口，沙滩松软，五颜六色的贝壳，在你脚下倾倒波涛。

　　英雄林则徐销烟的城池，铁炮哑默，红旗招展。一百多年过去了，结痂的伤口，每逢风雨，总是牵扯着骨头一起隐隐作痛。

　　从海战博物馆走出，落日已从繁华楼宇坠向红树林，恍惚，迷离。你想奋力追赶，却永远无法靠近。

　　再回首，落日已由橙黄变为血红，仿佛博物馆油画中的炸弹，悬停空中，随时有炸裂的可能。

10

　　医院走廊，身患白血病的少女安静地跪在椅子上，好奇地朝楼下张望。

　　院子里，阳光在一排香樟树上移动。它们长出那么多新叶子，鲜嫩，明媚，捧在手心里，就像捧着整个春天。

　　少女记不清自己拥有过多少个如新叶子的春天，也不知道明年的春天会是什么样子。她喜欢这样的时刻，有风徐徐吹来，慢慢吹模糊她的疾病，吹轻一家人的愁苦。

　　阳光被风从右边吹向左边，吹成慢慢变暗的光线，像一道道栅栏，印在医院雪白的墙上。

走在林荫道上，少女头上的圆帽子，仿佛一顶巨型的落日。

11

你在河边钓鱼。

流水仿佛一面流动的镜子。钓鱼，只为钓涟漪，钓倒影，钓水草的盘旋、鸟的鸣叫，钓一闪而过的念头；有时，也钓水中的白云，白云里的秘密。

一群孩子举着网兜跑了过来，夕阳将他们涂抹成会发光的模样。刚刚听完《孩子捞月亮》的故事，现在，他们要去水中打捞太阳。

落日那么漂亮，他们担心它在水中泡久了，会失去颜色，失去光亮。

水纹荡漾，落日融化为波光粼粼的鱼儿游开。

孩子们歌唱着，欢笑着，意犹未尽地离去。

他们并不知道，你在他们离开之后，将自己钓的所有鱼儿，包括落日的碎片——放生回河流。

12

那么多爱而不得，那么多遗憾，那么多悲伤紧紧追随。

夕阳透过法国梧桐的枝叶，洒在柏油路上，仿佛这么多年的爱碎了一地，那种眩晕，带来醉酒般的失重感。

贴在老墙上的凌霄花开了败，败了又开，盛大的美，让人心生怜惜。

她转身走向地铁站，夕光同时落在她的头发、肩膀、扬起的碎花裙子……她走在拥挤的人群中，身披一层耀眼的光芒，仿佛你曾经许诺的婚纱。

落日像一把钝刀子，它有足够的耐心，在你心里反复地磨，反复地锯。

13

你曾搭乘落日飞行，在茫茫云海之上。

你见过流泪的云，洁白的云彩也有愁苦，有悲痛，有无能为力的忧伤；你见过彩虹，仿佛旧时的传说。

你看到那么多追随落日奔跑的人群，他们一次次欢呼，为燃烧的天空，流光溢彩的城市，通体发亮的山峰，安静温馨的乡村……落日也在奔跑，快乐因短暂而弥足珍贵！

落日有大爱。落日像出淤泥而不染的花苞。

观落日的背影，那么孤独，那么美。

散文诗档案

林新荣，温州人，1970年出生。中国作家协会会员、瑞安市作协名誉主席。有组诗发表于《中国作家》《北京文学》《星星诗刊》《扬子江诗刊》等，主编出版的有《中国当代诗歌选本》《中国当代诗歌赏析》等，曾参加第20届全国散文诗笔会。

经霜的呼吸（组章）

林新荣

14

落日易碎。

落日不朽。

落日余晖下翩翩飞翔的白鹭、孤鹜、大雁，是旧时代的亲人。它们喜欢在农历里飞，背着古老的训诫，一次次为你重新带回廿四节气。

落日下，芦苇的摇曳，值千金。

落日离开隐喻，召唤着你回到它身边。

看落日，落日亦在看你，如新识，如故旧。在白天与黑夜间来回往返，且借一枚落日，凭吊过往，再借一个日落，留住各自的山河和热爱。

冬天的楝树

冬天的楝树上，栖满了灰鹭与白鹭，在灰蒙蒙的天穹下，它们就像一片片灰色和白色的树叶。

不明白，它们为什么如此静默？冬天的河道，也孤寂不语。这棵长在河岸上的楝树，结满了黄色的果实。朋友告诉我，这是夜鹭，专吃河里的鱼。

万物都萧条了，季节像被抽去了骨头。它们就这样成群结队立在树梢上。此刻，它们在等待什么，拒绝什么？

想起了夏天，对的，应该还是这一群，站在树梢头，像一道靓丽的风景，待晓风吹过时，它们一下呼呼啦啦飞起来，像天上撒开的一片片快活的小云。

她消失在诗里

她这是去哪儿了？像一只羽翼受损的蝴蝶，飘忽在时光里。

灯光昏暗。——她轻叹一口气：短暂的放松，是生活的必然。

她开始围绕着一根钢管，来回跳。她的每一次旋转，都是春风的忘却；每一个劈腿，让一支红酒涨红了脸。

蓦地，灯光在咿咿呀呀声中熄灭了。

这是疯狂的荒诞。灯光亮时，她消失了，先是消失在我的诗里，然后消失在夜色中。

孤独

我走到哪里，孤独就跟到哪里。

这是一座移动的孤岛，不知何时就返回人间。

返回又如何？它虚虚实实的。虚的，比实的难预料。实的，如漩涡，如浪痕，你知道来处。虚的，却不知它的去处与归途。

时钟滴滴答答的。它一会儿滴出忧戚，一会儿滴出偏执，一会儿有杂草纹理，一会儿有日挂松崖。如岚光时，也有雾霾。如蚯蚓时，也有雷霆。它无穷又无尽。

有时又倏忽不见了。

郊外

秋天的云很白，那是一张温暖的床，高悬在空中。

当我踏着云梯攀上时，我被时光拉扯着，我的心变得很小很小，那温暖的云很大很大，我像一个梦游者，等待一滴鸟鸣的叫醒。

银杏树摇着金黄，我一定是错过了什么？不是岁月、光阴，也不是你。遍地的杏叶被风踩得沙沙响，它们能飞到云上面吗？

有很长一段时间，我常到野外散步，银杏林里有喜鹊、白鹇、灰鹡鸰，一条弯弯的小河，挡住了我的去路，于是盘坐在河岸，看着黄叶落下来，看着鸟鸣飘下来，看到自己，像一只蝼蚁在天穹下，昂着头。树木列队，杏风轻拂，鸟鸣悦耳，草木舒缓。

头顶上悬浮着一片一片棉花样的白云。

飞云江

我知道了，奔跑是很累的，他的每一次拐弯，都是一次自我聚力的经历。

站在江边，我望着潺湲的流水。

站在桥上，我望着流水匆忙地流过桥墩。

江水和我相互打量着——

他已经不识，我却一眼认出了他们——匆忙的脚步，自古而今。不息的奔腾，世代传承。

此时，我的面容如此光洁，他已经认不

出前世的我。

——望着他们，我如望着一段长长的时光：那个一起手指太阳的人，那个一起采撷云层的人，那个一起撑竹排又掌船舵的人，在虚幻的流程里，等着时光的涌入。

——那分明是一段浅浅的孤独，它繁衍生息，世代相传，周而复始……

——慢慢地归入东海。

海之恋

后窗的风很美！

美在它慢吞吞的，这是一种很深的蔚蓝，是用孤独堆积起来的。

一条狗，一只倒扣的船，与几株椰树。

海风也是孤独的，它在椰叶上玩呢，在缝隙间钻进钻出，不小心掉下了椰果。

银色的沙滩闪耀着——这些银子，在夜晚会铺到海上，一点一点闪耀。

——成为另一种孤独。

海上的月亮很大，金黄金黄的，孤独也很大。

映山红

睡觉时，你喜欢把手举到头后，——这是对生活投降啊！你说这话时，我正在读一首诗。你举着的双手，常使你感到麻木，可你已经习惯了。

这样会不会影响到颈椎，会不会？你仿佛在说我，又仿佛在说自己。

如今在野花迷乱的山谷，起伏的层峦下，山径跌宕。你挺着腰身，似一只矫健的松鼠，你一边攀爬，一边歌唱，春天终是喧哗的，你一脚迈进去，大喊一声，心里的沉郁皆吐了出来……

清晨，我还在静静地读诗，你一个人在大山里探访。

损坏的那些时光，被晨风吹去了，你像一个跨年的孩子在仰望一轮红日。

棋

你发现自己站在路口。

命运是一局看不见的棋。你不知道自己该站在这头，还是那一头。

站在心里吧，你出一只卒，过河试了试，对方不理不睬，却面临一股凌厉的剑气。

棋是什么？棋是牵制，也是杀戮。棋是内心的围堵，也是谋略与宣言。

一片枫叶，自天而落，飘摇着，落到楚河汉界，带着经霜的呼吸。

——是想阻止这一场旷远的战争吗？！

命 运

要有怎样的耐力,才扛得过命运。

他常在不经意间给你轻巧地一击。

你没想过的,他都想到了。你想时,已深陷在他的局里。

天时地利都被他占尽了,你捏紧拳头,辨别不清东西南北。这是一张看不见的透明的命运网,你们彼此抵抗着,呐喊着。你寻找的是缺陷,他追求的是完美。你睡着了,他醒着。你醒着,他睁大了眼睛。

你灵机一动,掰断了一根,这是一根看不见的线,它藏在虚无里。你忘乎所以,以为攀上了高山,望见了蓝天,其实只是他的局部。

时光流逝,有一种沧桑的美,一年一年就这么过去了!

山亭喝茶

月亮冲上枝头,冲上山顶。

再到头顶的松枝,大约需要两个小时。

两个小时,你可看远处的那座铁拉桥,近处的那三只斑鸠。

清风盈杯,清风盈怀——

轻松的是心与松干,及偶尔的鸟鸣。你轻轻闭上眼睛,不说话,也不思考,就让时间那么停滞吧。

在鸟鸣与孤独里,回到苍穹与大地的隐秘空明里。

严琼丽,中国作协会员,现居云南曲靖。有作品发表于《诗刊》《北京文学》《山花》《扬子江》《作品》《草堂》《广西文学》《星星》《诗潮》《江南诗》《边疆文学》《飞天》《滇池》等,出版诗集《废弃的水》,获《星星》诗刊主办的"青春碎片"散文诗大赛优秀青年奖,有作品入选《大学语文》。

落进森林里的光束(组章)

严琼丽

一面镜子

这面镜子,就竖在森林的河边,是一面真实的墙。

我空空无也,漫不经心地踩着那些松软、失去戒心的土壤,前往一个与我目前生活完全背离的地方,这个地方幽静,时间的侦探到了这里就迷路。

一声雀鸣传来,众多棕色树叶随风翕动的时候,我已然进入一个——只有我这一个角色的——剧场里。万籁寂静之时,我将在这个森林里演一部话剧。

  镜子是我的观众，我的观众有我的面貌。

  这里空无一人，我对着镜子，拆下我的发辫，被梳顺的发丝里满是母亲所赠予的——一个女性的味道。（我第一次在我的文字里阐述女性的味道。）

  发丝像秋千上解绑的深褐色蝴蝶，我望着它们在镜中自由地飞舞。发丝温顺地落在肩上、散在胸前。

  我在镜中，发现我黄色的皮肤表面，有许多汗毛，像不需要号令，就滋生集体意识的将士一样，它们整齐划一的倒在一边，面目安静，似乎任何风吹草动都无法惊扰。

  眼泪要自主流下，我无半点情绪波动，注视镜子里的泪珠，它们从眼角滑落，在沙丘一样的面颊上，形成两条平行的、且永无交叉的小河。

  过于生动的小河里，是没有鱼虾的。留白，是这两条河的宿命，也是我的宿命。

  宿命？

  镜子想要弯曲，面对陈旧的躯体，我的思想在它的世界里发生逆转，在我途经过的偏窄的巷道里重塑，一个全新、我自己也全然不识的我，像一阵风一样，闪过一瞬间，我来不及回神，她便消失在这林野之中。

  野性于森林而言，是一种原始力。于我而言，是一种我难以企及却梦寐以求的生命高度。于我的镜子而言，是一种立体的艺术，需要无限鲜活的灵魂，误入此途。

叶 黄

  叶子是什么时候黄的呢，从高高的空中飘落下来，抬着头仰望天空的人，整个地陷入一片虚空之中，一种轻灵灵的失落像秋天的板栗一样，掉在地上。

  叶子黄的时候，我似乎也比从前更成熟，更稳重了；叶子落的时候，我明明没有想起任何一个人，但骨架难以圈禁的灵魂深处，还是有人狠狠地将我撕下，朝着我永远不会去的方向，离开了。

  叶子黄的时候，我的母亲正在老家叠衣服，银色的头发披在街上，她像个孩子一样，双眼清澈。

  妈妈足够老的时候，会回到孩童时期，天真、活泼又可爱。

今天，我路过的第三十七个人

  今天，我路过的第三十七个人，穿着一身红裙子。

  我远远地就等着她向我走来，她带着一种近乎威严又神秘的磁场，似乎要在与我擦肩而过的时候，向我传达某种信息。

  她的步伐不紧不慢，一点不像深林中的

小鹿那样轻巧可爱，也不像偷吃蜂蜜的棕熊那样笨重莽撞，更不像老鼠那样，麻溜轻快。她的步伐有着自己的节奏，一种看似庄严，但又不过于死板的稳重踏实。

有那么一瞬间，我会误认为那是将来的我。

又有那么一瞬间，我一点都不希望这是将来的我。

她挨我很近、近乎擦肩而过的时候，我终于瞥到她脸上的表情。

她像极了冲出悬崖顶就失去方向的瀑布，有不得已而为之的困顿。

她缺失了一个女孩子的活泼，又没有一个大人的安静，两块淡色的斑像两片随时想要出逃、想要调皮却又胆小的云朵。

冲突与矛盾，在她那张窄窄的脸上，让情绪高涨的士兵，自愿缴械，却没有人投降。

她没有机会向我谈论生活，这个女人，与我擦肩而过的时候，就像一阵喝醉了就倒，一言不发的风。

我的胸中，像塞了一团泡过福尔马林的棉花，整整一个下午，我都反应迟钝，处于一种若即若离的状态。

夜里，我被蚊子吵醒，拍了墙一巴掌之后，我突然想起了这个女人的背景，她仿佛成了一本内容丰富却呈现为无字的书，等着我去打开，仿佛我只要打开了她，我的生活，就会开了另一个我意象不到的口子。

她给了我一种难以描述，又必须有事情要在将来发生的——错愕感。

光 束

太阳恩赐它们，来到人类的世界，看看每一个凡人，毕生的路途；感受每一个凡人，毕生的苦痛。

如果光束只能见证，却永无行动自由的权限，想必，它的苦楚，也自然是我们这些苦行僧难以体悟的。

对于很多身处黑暗的人来说，任何一丝光束，都是一线生机的救赎，但光束，都喜欢走直线，没有光，喜欢满是波折的暗道。

从建筑物斜上方降临的光束，耿直，不管你接不接受，它都会依自己的意念行事，确实，连光都难以顾及所有需求者的需求。

落进森林的光束，是一位谦和的智者，没有年龄的约束，它更洒脱，也更柔软。

我坐在潮湿的土壤上，抬起一个手巴掌，伸开五指的时候，它就很睿智地向我传达一种我难以领悟、稍纵即逝的生活观：钢筋水泥间挣扎太久的鱼，一旦回到自然之中，就会短暂地幻化成飞鸟。但自然也并非永久的天神，我只能在某一瞬间找到一种永恒，而这种永恒的短暂性存在，无非是为奴役我提供新鲜的信念。

灰一，本名曹畅，2000年出生于江苏宿迁。作品见于《星星》《草原》《飞天》《当代》《莲池》《江南诗》《散文诗》《青年作家》等刊物，曾获第九届"李白杯"诗歌大赛大学生特别奖、第九届邯郸大学生诗歌节杰出校园诗人奖等奖项若干。

秋天的蘑菇

我生在云南某座高山脚下，我熟悉这座山不同位置的土壤颜色，了解不同时间段的土壤湿度，能根据树叶的品种、形状判断哪个位置能出什么种类的蘑菇。

采蘑菇，就像猎奇一样，能给平庸的生活，增添很多具有风险的趣味。

我会在拾蘑菇的途中，游离到另一个生活空间，在那个生活空间里，我会虚构很多童话中才会出现的角色，比如城堡中的国王、中毒而死的王后留下的公主，衷心护主的臣子和命途多舛的公主。

我甚至会在捡到不同颜色的蘑菇之时，构想出公主穿着不同颜色裙子逃跑的场景。

秋天的蘑菇，用它的纯粹，唤醒我愚钝之下掩盖已久的灵性，我在森林之中漫步，扒开潮湿的树叶，看见一朵朵鲜艳的蘑菇时，我的脑子里只有蘑菇，别无所求。

本 真（组章）

灰 一

猫儿渐渐长大

人类耗费千年时光，以为能磨掉猫科动物的野性。

然而仅仅只是因为一只蝉的闯入，她就轻而易举地找回了自我——享受生活的捕食者。

出生时，好奇打量墙砖和化纤制成的世界，没有树林、山坡和草丛，却依然学会了蹦跳和缱绻。

笼子关不住活泼的精灵，小家伙低声嘶吼。

通过窗台远望拥挤的城市，她能看到自

然的余烟在公园中摇曳。安心躺在垫子上，休憩，一个纸箱就是一个狂野的大陆。

对明天的期待，在疲倦的人与慵懒的猫之间传递着。

侄子的幻想世界

临近春节，侄子前来做客，嚷着要看动画片，他无所顾忌的张扬意味着——我已是个长辈，需要去大度包容。

他看着那些花俏的卡通人物，大喊着幼稚的口号，活跃到让人为其尴尬。小孩子总是不懂什么叫谦逊有礼，也不会刻意恬静。

母亲抱出一沓陈旧之物，那是童年之我视作珍宝的绘本。他欢呼一声，几乎是飞了过去，新涂鸦很快覆盖了旧的，不同故事的角色被糅在一起。他不喜欢那些或忧郁或活泼的公主王子，却偏爱和奇形怪状的动物结伴，去探索片段式的童话、美景，精力似乎永远无穷尽。

红彤彤的脸颊显得格外认真，一天很快就过去了，我没干成什么事，只是看起来格外疲倦。而他呢，已经完成了几十次历险，拯救了多个绚丽的国度，依旧是充满干劲的模样。

有时我想，能不能恳求他把我放入那神秘的世界里，哪怕躲避片刻也好。

可成年人的矜持让我无法开口。

韦应物与其所观田家

美酒喝了几千盏，也等不来下一个玄宗；憧憬了千百回，开元盛世也再难重现。这么一个跋扈的怠懒人，这么一个蔑视地方官无法无天的公子哥，本应醉倒绣楼中，与唐朝余晖共同熄灭，怎和农人裹挟到了一起？

或许醉到了极致反而清醒，最嚣张者藏有向善之心。

他成了一位侠客，用笔，用纸，用心，用神，而非刀剑，去做些力所能及的护佑。

惊蛰已经开始啦，农田里开始了千百年不变的辛劳，或从未停止过——为何仓廪中依旧空荡？为何那些蜡黄的脸如此枯瘦、愁苦？

徭役征走了又一轮希望，那些食唐俸禄、管天下事的"士人"似乎并不惭愧，攀慕风雅依旧。垂垂老矣的诗人便独自嗟叹，说些不甚受欢迎的话，去严惩那蚁穴中少数几只。

他还能做什么，或还继续做着什么，都带着夕阳壮烈的色彩——我几乎误以为他是辛弃疾或者岳武穆了。

但他不是将军，本也不该是，只是容易共情，与笔下饥匐田家共沐光辉的悲剧诗人罢了。

冬 城

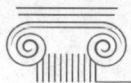

摩天巨兽就在我的左侧觥筹交错,酩酊大醉后,散发炫目的光芒。

右侧,一些新的庞然巨物逐渐拔高,他们继承了竹笋的某些秉性——根须深入地下,继而迅速地生长。

遮天蔽日下,甚至连冬天都成为无力反抗的孩童。

再没有冰棱会挂在房檐下啦

也没有狂风,驱赶落叶如同草原上的雄壮汉子牧马。

汽车或者楼房,发出粗厚的喘息声,让后来者安心入眠,让先辈们惴惴不安。被融化的疲倦,即是是在寒冷下,也得不到封存或遗忘。

黄绿色的树叶将落未落,挂在枝头。

在暴雨降临之前

夜渐深,苍穹睁开了自己狰狞的瞳孔,开阖间,光芒伴随着轰鸣刺穿了远山的脊背。黑云挂在惶惶人心上,它不屑于隐藏自己的目的:欲用一场风与水的交融扫尽所有疲倦的、强颜欢笑的伪装。

那勾连上苍与地表的闪电愈发大胆,这宏伟的城市在此时显得格外无助。

于是所有的喧杂开始自己的最终章,每一声惊呼,每一阵脚步,每一辆疾驰而过的车都愈发接近本真的自己。许多扇窗户迅速封闭起来,原本闷热的楼道逐渐清爽,病恹恹的行道树也已恢复了生机勃勃,即使连抱怨也是昂扬的。

这是种早已被防备的意外,在热浪的长久统治下,注定会有劫难降生。

看,灯光下有晶莹之物不断降临,暴雨将启幕,人亦将入眠,梦中的明日已是碧空如洗。

两 乡

月的阴晴圆缺完成了又一次轮回,我仍在他乡,归去遥遥无期。

宏伟高楼组成的群体矗立在湖边,它们代表着都市的好收成,切断了月色下人与人的亲密联结。电话打了若干次,也换不回拥抱……

甚至连温柔的眼神也被网络扭曲模糊,再看已是镜中水月。

那时的相聚、同游逐渐演变为不真实的薄雾,照片里的少年肆无忌惮地笑。

太多的遗失导致不敢回望,怯懦到只能向前,于是遗失的速度愈来愈快。

这是一种恶性循环,无解,也无法后悔。

只有徘徊于繁华之外，那拥挤、老旧的巷口时，才有一抹熟悉，它似乎念叨着要我归去——就在今朝，乘月而归。

我想要顺势而为，只是逐渐垒叠的包袱、忧愁已掠夺了我飞行的能力。

都市里茫茫多的候鸟啊，我也有翅膀准备随时试飞。

剥落一张习以为常的地图

当一张地图被剥落，在没有特殊意义的日子里，我感受到了时间的磅礴力量，远比那些远亲的死亡，或朋友离散更难忘。

它是我外公留下来为数不多的"珍宝"，尽管早已不合时宜，代表人口的符号显示——那时北京内不足千万人，至于上海、南京、苏州，再到我的故乡，人就更少了。村庄还很热闹，原始的商业博弈里，还藏着便宜耐用这一宗旨……

现在它被扔到垃圾桶旁，而我则久久凝望那片曾被覆盖、白的晃眼的墙面，幻想新世纪的浪潮是如何推动沧海桑田的变幻。

然后逃离，像遗忘了无数温馨一般，不再回头。

那时咿呀学语的我记住了好多地名，绝大多数还没去过，如今也没心思再去铭记、畅想。

佩索阿的牧羊时光

做着会计工作的牧羊人，和市侩的商人交流。柔软的草场，空寂的夕阳，只在幻想中耀眼。

但我笃定——他是一个杰出的牧人，放牧的对象是白色的倦怠，还有黑色小眼睛里偶尔露出的忧愁。

他做着信件翻译的工作，需时刻保持严谨却偏爱蝴蝶与飞尘。形而上学的美在一叠账本和词典中翩然起舞。

当眼眸望向城市，看到的只有锈迹斑斑的外在世界。

当沉入美好遐想，人才能顿悟——体察自我的灵性之光芒。

朴素的农庄和骏马越过的小溪流让人神往，欲得而不可得，付之一笑。已失去却不愿失去，就镌刻在异名者的故事里。

闲暇时清理杂物，若是春天，则四处逛荡。没有目的或行动本身就是目的。

他是一个天生的西班牙人，属于牧歌以及沸腾的阳光，尽管被逼仄的房间束缚。

纸与墨水，仍让他获得了超脱神明的宏伟灵魂。

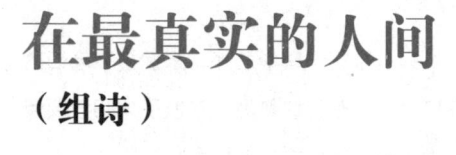

特别推荐

在最真实的人间
（组诗）

北 乔

北乔，江苏东台人，诗人、作家、评论家。出版诗集《大故乡》《临潭的潭》，文学评论专著《诗山》《约会小说》，长篇小说《新兵》《当兵》，小说集《走火》《尖叫的河》，散文集《远道而来》《三生有幸》等二十多部。曾获第十届中国人民解放军文艺奖、冰心散文奖、黄河文学奖、海燕诗歌奖、刘章诗歌奖、三毛散文奖、林语堂散文奖等。现居北京。

在言说之外的那部分

古巷老院里的新鲜花朵
总有闯入者的嫌疑

同样新鲜的果实
紧裹太多千万年的秘密
桂花树，不当守护者
在醉香中谈论生死

小学校园里正与此相反
看到的，都是未来
花草与小鸟，每天都被重新命名

孩子们活泼可爱
把甲骨文字呼来唤去
六朝古都的基石终于重回人间
卸下了所有的重量

巷子很窄处
握不住执意远去的故事
伏在栅栏上的藤蔓

已经学会修剪不必要的野性

明明城市从这里出生
如今,这条街巷像从别处搬来

正午的阳光很灿烂
光没有照不到的地方
只是不忍惊扰小屋里收留的
昨夜的月光

游府西街并不长
尽头也无苍茫
这不妨碍
人走着走着就老了

平心而论

立于高处,并非要与天空联系
更高,是为了更低
低至日常的尘世

日复一日准点报时,只为证明时间的公正
响彻云霄的声音,被天空收藏
只有闪亮的刀子在人间
在众生万物上划下伤痕的刻度
风,被迫东躲西藏

毁了又重建,建了又遭损
如此往复,人们总是把

石头般的预言压在心头
不要辨别旧砖与新墙,它们都是
大地的真身

铸铁大钟里空荡荡
就像一次次钟声之间的静寂
真相,从来都是在谎言里流浪

从未遇见撞钟人
缺的不是机缘,一切都是最好的安排
失之交臂,也是一种相遇

将尽的黄昏,把钟楼涂成青铜
读懂悲悯的人,从生活中挺直身子
四下苍茫,水桶掉进井里
回声终未能爬出井口
蛰伏的星光即将被召回天际

烟雨中,群山讲述人生
在每条街巷的尽头
江水在古城边放慢脚步,倾听
江南人用舌尖
把古老与沉重轻逸于绵长之中

动静之间

公园,因我的到来变得宁静
这是城里的公园,但从未真正属于城市
保持一定的步速,流水似镜

雨来了,滂沱
我与树,谁在奔跑
只要我淡然,狂躁的就是雨
树叶是最好的见证者

再大的雨,也打不湿嘴角的笑意
就像阳光无法晒干心头的潮湿
有段路很泥泞,原来飞翔的灰尘
此时很狼狈,我以为

这肯定不是雨的错

有些梦想,总是要回到大地
离开家乡,将会漂泊一生
人这辈子,真正的家只会在一处
也只能有一处
这样的坚信,也可能只是梦

喜欢水中的倒影
明知虚幻,但止不住真实感的示意
人间在岸上,世界有些模糊
不要紧,那些沉重、呆板
在水中很轻盈,飘逸

荷塘对面,夜晚正在降临

就抒情而言

如同昨日,还是
那未来到的某年某月某日
人已远行,开怀的笑容从不会陈旧
美好最平常,也最神秘

瓦片与瓦片之间
野草异常高傲,疼痛从不示人
寂寞交给风

飞檐,以倔强表现柔和
穿透阳光,向鸟鸣挥手致意
总会有些鸟鸣洒在草丛里
隐藏有关天空的消息

一位老者在拉二胡
一个孩子在吹树叶
而我,围着亭子走了一圈又一圈

脚步不乱,风景变了形
远处的水声若隐若现
就像想念的故乡

我不会停下,因为亭子里
藏着未开启的故事
藏着多年前的麦香
我掌心上的一片光亮,像蝴蝶
在我的心跳中安安静静

在最真实的人间

从不认为这里是城市
不远处的高楼很高很高
城市的闲言碎语,遍地都是

街道时宽时窄,曲直无规律可寻
步速不等的人们,甩掉了警觉与不安

店铺陈旧,但不陌生
人们进进出出,填补生活的空缺
趴在门口的小狗,不以为然

动人的是那些摊位
地上、桌上、板凳上,还有人
把摊位变成身体的一部分
希望与失落,也是
几只出逃的小龙虾,十分从容

炉火被蒸汽环绕
此起彼伏的吆喝声,节奏并不重要
屋顶上的鸟儿东张西望
门里的生活,同样如此

我走走停停,一件又一件事被我
牵在身后,或早已抛在闹市区
我的影子很老实,也很好奇

把道路揣在怀里
（组诗）

王太贵

王太贵，1983年生于安徽金寨。中国作协会员，鲁迅文学院第四十三届中青年作家高研班学员。参加第九次全国青创会和诗刊社第39届青春诗会。安徽文学艺术院第七届签约作家。有作品发表于《人民文学》《诗刊》《星星》等刊物。著有诗集《青瓦之上》等。

李集老街

在书生们
走过的石板路上，一个朝代的故事
是蜿蜒的，也是痕迹深重的

茱萸开花，而卷纸上的墨迹
像河中露出水面的石头，让一个落魄的寒士
摸着石头过了河，到达毗邻的湖北

篓中的银两，比胆子还要薄
屋檐上的月亮，在悄悄打退堂鼓
我已经走了两个省，离梦想的殿堂
还差三十华里，和一根戒尺的距离

枕着溪水入睡，窗户上的窗纸
还残留着去年春天的鸟鸣。窗沿下
空坛子排着队，它们曾经翻山越岭
像两个朝代的缝隙，在阒寂的早春
让山谷，有了处理沉默的想法

捷　径

泥泞已经抵达胸口,在二十九楼的阳台
你终于抬高目光和胸襟。雾霭深深
如果纸折叠成飞机,它的起飞是逆向的

你是你的虎皮兰,断齿的梳子
被扔掉的纸团。你唯一不能是的
是书桌上,那尚未显出笔锋的字迹

墨痕像往事,只是提笔磨砚的手
要用来输指纹和捂伤口

生活没有彩排,那最轻飘的雨滴
已提前预知翌日的气象。在老旧小区
的施工现场,你在一颗石榴里
遇见自己的软弱,和透明

夜晚的演出

今夜,城市灯火通明
动物园即将竣工

收割机铿锵着跨过淮河,生锈的镰刀
和月亮待在一起,幽深的夜空像磨刀石

走在雨中,我像个病句,被无数雨点
轻轻安慰,我抱着红叉奔赴燃烧的秸秆

华丽的表演将拉开幕布,火圈替代比基尼
自行车卸掉轮子,演员的嗓子已被提前摘除

秋天的礼堂路

道路抵达湖边,是鱼代替它伸向远方
路穿过街区,鸽子口衔假花,旧墙壁的
标语格外醒目,路在那里掉头,又飞出五里

郊外田野,稻草人收起手臂,飞翔的种子
在炉火中长出眉眼。雁阵齐整,空花瓶内
有整座天空的城池,也有无数赤脚行走的人

秋风似猎猎旗帜,枯枝上无名的野果
像悔恨的心,每天都会瘦去一圈
悔恨是否有尺度?恰如冷霜遮住窗花

醉酒的人,把道路揣在怀里,却依然
瑟瑟发抖。他扶树而立,身子像街心花园
待迁的栅栏,贴满发光的广告

摇晃的路上

光线越来越弱。我趋于光明的一面
在归乡的路上,被群山弥漫的夜色包围

天空坚持到最后,夜自大地升起
记忆像积雪下的竹枝
点点灯光,把雪含在嘴里
从稻田中逶迤而去

父亲们在磨刀,又把拐杖杵在石头上
摇晃的路上,我记忆的准确度
需要父亲模糊的语言,去证实

风暴中的失眠者
（组诗）

（河北）风铃子

小 径

像一枚指针，躺在山野里的样子
一些成熟的果无故朝向你，跌落中
你侧了侧身，接住，成为身体的一部分

你的花园中，斑斓和荒芜
都沾染着星辰的微光——失去
某种定向，是一种孤独之美
那些失去根的树，陪了你那么久
都成了你的影子

十月取走花瓣，一些苍白的复调
而红叶填补的夜晚和张望
正越过群山，一寸一寸缩短距离

唯一的路，类似来自回味和
向往之间的约定，我不能说不
亦无法从容地消弭

小 寒

一些句子从局部开始
直至山寒水瘦,像切碎的心
端在手掌。一杯茶的下午
光线不断分割方向

是居于风暴的失眠者,灯火跌入黑暗
依稀可闻,夜虫啃噬血管的声音

时间一同醒着,像一条线
只是它不知道,要多久才能帮我们
把身体从沼泽中取出

瞧,小寒的那件红背心,仍可以暖身
却也只会背对背,无法心连心

夜 鱼

以梦为马的时间里,屏息
黑夜如期来临
如同一场浩大的奔涌

灯盏灭掉,在夜风
编织的网中,一条鱼试图忘掉
自己的名字,去记住
一棵水草的长势

无数挫败里,体内的声音无用

礁石抱紧身子,暗流里我看不见它
更看不见自己

水滴的风暴处,礁石
一遍遍沉下去,我似乎听到了
浪花喧哗的密语

过小黄山

阳光从云层背后逃出
仓促间,眼睛被它投射的剑
一再扰乱

落叶松在山顶设置悬念
而仰望从未缺席

石壁上的菩萨
被青山绿水的画报遮住,仿佛
增添了新的神性:爱众生
从每一片草叶,每一滴净水开始

冰

此刻阳光照着它,它的内部
正传来涛声

零上与零下,许多事情
在温度中发生,如一颗心
反复湿冷就会结冰

而它从未否认,事物脆弱的表面
是危险的,也是有效的
——如同生活本身,当你的脚
轻轻踩在冰的最薄弱部位
所遇已被四散的水流击溃

山间小屋里,他,为她点起炉火
她心里的冰,哗啦一声碎去

雪 花

用一个词形容,远远不够
做一个信使吧,我们安静地等
等一小瓣一小瓣,化成江南的烟雨
等油纸伞下的断桥,白衣女子
与玉面书生,在水中相遇

一座旧院落,红灯笼亮起
你正落入掌心
化成一朵蝴蝶似的朱砂痣

酒,或液体的火

说到知己,杯盏才会有足够的空旷
饮一小盅,兰舟之上已无红颜
作为液体之火——当它以
水之不耀,火之赦灵,填充身体
事物会倾斜于非理性边缘
——面对历险中不同的需求与功能
于国,争之利器

于家,聚之欢愉

当旋转,颠倒,甚至断片
一些词重复出现,仿佛世界
一碰就碎,也是万古愁
比爱更糟糕的时候

其实,说到要翻开泥土第几层
一粒种子才能化身为液体之火
就像说到两件相斥之物
要驻留体内多深刻,水与火
才能心安理得地相处一瓮

无家可归的果子

掉落一地的果子,无人认领
像无家可归的人。我一直看着它们
也像无家可归的人

还有那么多不愿掉落的,风干在枝上
我试图做一个破坏者,摘下它
以此来完成相互救赎

被一棵树,高高托起,又重重
抛下,风在一遍遍朗诵
"醒后楼台,与梦明灭"

我会写尽最后一片叶子
而在离别之书上,我不说冷
或更多

大湾的回声（组诗）

（广东）郭杰广

百年河口火车站

1903年，拄着药味的拐杖
颤巍巍地
向一张薄薄的车票，走来

一座历经磨难的遗址
缩身
成为一截生锈的问号

修修补补的灯语，眼花了
河口也掉光牙齿
这里，是起点也是终点……

羚羊峡古道

一场风雨来得不是时候
推着野草、藤蔓倒向陡峭的岩壁
传说中的羚羊，幻变成石头
守望帆影和来来往往的时光

雨浇湿了摩岩石刻
有些汗水，石头会铭记于心

斑驳历史，让古道凹凸
深一脚是拓荒，浅一脚是牵挂
浅浅深深的篙坑
陷入多少悠长的喟叹

逆水行舟。风景，有些老旧
脊背的绳索
在羚羊峡磨擦出一条条纤痕

有人行走在古道上缅怀岁月
我是来朝拜一些伏下身子的人
他们掏出苦力
掏出比绳子还要耐磨的心

海寿岛诗歌林

思念。泡在波浪上磨刀
连岸边的石头也会发芽

春风跑进诗歌林，来当我的绝句
韵脚平平仄仄，一见我脸就红了

万物是有生命的，重新种植的句子
让我明白，很多人的命，和树一样

在岛上，我聆听水龙头吟诗，描述
眼神犀利的疍家人，还有泪中的盐

他们，一边望着天空的肾结石
祈祷。一边听着夕阳音乐会，落泪

卖菜的老人

大湾街越来越弯弯绕绕
卖菜的人
从土里拔出新鲜的命运
她纤瘦、干瘪
像一棵腌满思念的梅菜

慢慢蹲下身子的老妇人
对着萝卜、青菜、芫荽低声叫卖
此刻,我正想象着还有什么东西
值得和白菜一样的价钱

卖菜的老人,我不知道她懂不懂
天气,市场经济与植物学……
我只知道,她头上落满星光、云朵
和时间的积雪……

路过梅庄

梅树脱光了
时间的衣服

一朵冬天
站在枝头上,歌唱

弯曲的骨头
保持着寒风的形状

眼里涨满春日的雨水（组诗）

（福建）刘宇亮

春日读史

随手取一本旧书
纸上的黄褐色,浓淡不定
　让我与一枚枚汉字,隔着一场
　似散非散的云雾

就像史书与历史本身,隔着
史官的书写与评价
才读到陈桥兵变,就晓得
阅读、书写与故事,还隔着时间

我用一天追赶一个王朝的兴衰
赶赴744年前的三月十九日
于早春的崖山,打捞
十万英魂

看万山红遍的杜鹃
——写在烈士陵园

　近看,是朵朵鲜花
远眺则是群山举起一片火把

勾起心事的时候，就滴成了血迹
斑斑点点

滴在哪里，哪里就是历史的伤口
　就是春天

旧时迎春，有人撒下种子
送走一位烈士，花才肯开

清明的杜鹃，开满山岗
红得让人心疼

清　明

雨水倒悬。天空要把自己淘空
也把天堂的悲伤，倾泻而下

那么干净的雨垂直落下，滋养山间
　替逝者活着的草木

杜鹃很自然开到眼睛里
开得那么好，没有一点声音

如哀思，静悄悄穿过人间
　一丛一丛，绵延不绝，覆盖群山

短松冈上，扫墓人架着香火
找已故的亲人

我再也说不好老家方言了

在老家，听见
井水和明月一样清澈的乡音
喊我
乳名
在年少的时空里回声

张嘴应答，才发现
口腔发出的音质
走了调

就像喉的门把
上了锁
我把方言的钥匙
丢了
在他乡

捉迷藏

小学前，我经常和女儿捉迷藏
找到就哈哈大笑
找不到我，她就会喊：
爸爸，我找到你了

听到她喊，我就出来抱她
每抱一次，她就亲我一口

她是福尔摩斯式的侦探
　总能轻易找到我

后来,我不再和女儿捉迷藏
我怕
有一天躲到另一个世界
她找不到我,大喊"爸爸"
我却不能出来抱她

煎药帖

老中医开了方子
黄芩,黄连,黄柏
越读,越苦

把生活装进药罐
总有不得已的苦衷

人至中年。不怕苦口良药

谁的肚里
没有几碗苦水

真正怕的是文火
慢慢煎
细细熬

连药渣子都能逼出
几滴精华

钉 子

大部分时候,必须沉默
在工具箱里
用胜过尖锐的冷,抵抗闲愁
和时间的斑斑锈迹

一根钉子能让我热泪盈眶
扁扁的一头,任人敲打
承受多大的痛楚
都要保持脊梁的笔挺
用折断自己的力量
对峙,让人分明听到墙的铠甲
被挤碎,被击穿

只用一瞬间,就把冷静和从容
演绎得淋漓尽致
仿佛从来没有露出过
尖锐的寒光

无 题

雷电困于云层，等撞击，等轰鸣
等一场久违的甘霖

水困于南极，寒气逼迫而结晶
而刚强，而无坚不摧

茶困于壶，在水深火热中翻滚
灵魂脱胎换骨、重获新生

正如苏轼困于黄州
东坡突围于纸上、于史册

一只卷羽鹈鹕

在罗源湾畔写诗
大海是一行，我是一行

一只卷羽鹈鹕
是另外一行

如果你听见鹈鹕用与我相似的语言
朗诵刘禹锡
或者杜甫的那一行白鹭

一句神来之笔，瞬间
一首诗浑然天成

以乳名为饵（组诗）

（湖北）陂 北

黄昏近

离山一松高的距离
风，才拉近了夜的边缘
袅袅婷婷的炊烟
从黛青的屋檐，一次接一次
丈量，几盏灯的数据
欲能删除
满目疮痍的万物

一直没有看清
那个沉坠的孤独的落日
耀眼的光芒，是怎么
染成了血液的颜色
一片一片棉帛擦拭，还是
流淌了一地

夕阳挪近的，只有羽翼
虽然竹阵一次次驱赶
也轰不走，涨满西窗
潮汐
一样的鸟鸣

空 巢

这时候，它还是坚硬的
几只简单的家禽
和一条满载记忆的犬，就可以
放牧整个村庄

月亮，使用各种角度
锋利的刃，从每一处缝隙
杀入顽固的堡垒
即使关闭了远方星星的导航
搜索的月光，一整个夜晚
大街小巷，也挑不出
几个握着乳名佝偻的人像

它们该划入老屋了
所有的一切，该用"故"字收场
虽然夹杂着许多崭新的别墅
只要，一排列在转侧的梦中
都称之为——故乡

半个月亮

另一半消失。整个天空
没有狡辩的只言片语
零碎的云朵，还是
一如既往地抛撒在半空

我的母亲也习惯了
她关掉饭后厨房多余的灯光
坐在蛙鸣危机四伏的门外
任凭萤火飘过，任凭黑夜
染黑她花白的鬓发

这时候，多动的村庄
也安静得小心翼翼
狗吠，再一次
占据月亮月缺时的月色
把风唬的一愣一愣
不让我故乡睡眠

在夜里，喊自己的名字

只是借用，曾经
熟视无睹的背景。和那些
呼唤过，这个名字的人
虽然故居已改斯人已去
他（她）们的声音，还是
一如往昔的从容

在夜里，喊自己的名字
是心灵深处，唯恐
没有再用的名字
在时间的长河里
慢慢流失

我只是，毫无意识的喊了
让睡着的自己答应
我也是，在长长的夜里
以乳名为饵，用梦寻找

今生，再也不见
那些呼唤的人

故乡之晨

没有湖光山影
一个黎明的鸟语，装入
一条条幽径。灌木丛生
和篁竹的羁绊，禁锢了
呆立的水草与莲荷
秋水的舞台上，墨绿的裙摆
摇曳昨日的风尘

除了我，周围围观
兴奋的蚊和蚂蚱的顽皮
蛛网，是一个个启动暗器
在枝林之间，一次次
与我亲密无间

游走的浅草与叠嶂层林
让晨光，抹去
渐渐抽离的狗吠
群居的老屋，也是因为
晤后了乡愁，撤去
心中聚集的雾霾

此刻，牵着漫岭的蛐吟
由一串串似曾相识的
鸟影，在梦里梦外
寻找一些，散失在
阡陌里的故人

水与村庄（外二首）

（四川）河 清

从月亮坝跨进哨楼村
你会看见两颗明珠
在方曲河的翅膀上闪耀闪耀
那是泉水涌冒了
千年的凉水井，古井田

她们从山顶流向低处
流着流着便从身体里
流淌出树木花草与五谷
流淌出鸟语，鸡鸣吠叫与炊烟
于是一座村庄便在这块
一把泥土，一碗米
的土地上与水共舞

我在哨楼村的怀抱遥望方曲河
母亲河上明珠盛开的地方
星星在歌唱，荷在舞蹈
果实喧哗着奔泻出山
而两颗明珠平静地在深处仰望
对这块土地始终怀着深情和谦卑
此时，她们喂养的月亮坝的
月光是什么模样呢？

哨楼村花椒

漫山遍野的绿
涸绿了我们的目光
仿佛一个春天都融入
那些绿啊,是乡亲们
种出的致富好光景

园中,乡亲们有的
在给花椒树灌注烟火气息
有的在修剪病枝与多余的树枝
如同把村庄的生成,变迁
尘世的日子说给你

树与一场雨缠绵呢喃
便将青衣穿上,日光依偎过来
披上红妆的你啊惹得夕阳逗留
香麻和利刺里跳出的箴言
随风飘出山乡
照亮寻梦之目光

枣 树

风呜呜从耳旁穿过
仿佛听到院坝里
那棵枣树枯枝断裂的声音
当年奶奶把枣子换成学费和生活品

那棵一靠就能入梦的枣树
时不时走进我的诗行
此时,我不敢触摸
怕书页的簌簌
连同我内心的骨裂一起坍塌

那年奶奶等不及我回家
硬是站成一棵枣树
孤零零地在村口盼我

流动的盛宴（组诗）

（江苏）江澄子

梅雨季

凌霄花不肯袒露的心迹
被黄梅雨说破
这些旧年的江南秘闻

听凭一把折扇渲染
潮湿的风让运河丰腴起来
美人蕉开得肆意

像是前朝的佩饰
一列高铁凌空凭虚疾驰
把你的视野拉回眼前

在下一个渡口有约
一声清亮的蝉鸣
是这个盛夏付给你的定金

伏热帖

那个咬嚼过皇帝内经的老先生
一脸笃定　目光如烛
示意我张嘴伸舌
一番沉洪滞数后

车前子　防风　生地黄　糯稻根
这些不属一个季节的草本木本们
在一张方子上聚首
为气短体乏的我消暑生津

我也试着为这个盛夏
开出一帖药方
一场阿尔卑斯山的大雪
一块格陵兰岛的冰原
一朵中东上空蔚蓝的云彩
这些配伍　无分东西
须由太平洋的风暴来炮制
对此药效　我深信不疑

子规吟

日头渐长
在一蓬稗草和一棵香樟之间
漾着碎银一样的阳光
和谷雨湿润的呼吸

上苍视物如人
善目慈眉　不薄炎凉

紫薇开始萌芽
隔空向蜻蜓示爱
蛙声葱郁
于星月间攻城掠地

子规嚯着我今生的忧伤

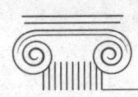

在拆迁的村子里盘旋低迴
像是寻觅麦田苦夏的解药
更像祭奠一部前世的线装

插秧歌

插秧的号子熨着七月流火
太阳雨一阵一阵
浇着插秧的人
浇着这江淮之地的土味情话

打赤膊的男人挑着秧苗担子
雨水和光阴
在黑红的脊背流淌
新耕的秧田是一面硕大的镜子
照着婶婶姐姐们

弯腰退步的身姿
夏藕一样的小腿
和天空裁剪的云彩

如今　智能插秧机的金属声音
早已取代了秧歌号子
那些粗粝的旋律和画面
还像阳光一样
以黑白片的方式在大地上播放

九曲安澜（组诗）

（甘肃）陈思侠

甘南：生态底色

黄河头道湾上，一群牦牛
硬气的犄角，让青藏高原
退了三步远

生态保护的领跑者
临风而立的甘南，有七彩飘带
阿万仓、尕海、美仁大草原
说出愿望，都能梦圆

九甸峡水利枢纽
一道道银龙
拥抱了，彩虹的制高点

一渠清水，进尕秀和碌曲
你说千家万户的底色
咋能不绿？如何不蓝

临夏：花儿绽放

牡丹花开在崖畔畔
花儿就拉进心坎坎

从积石山到黄河三峡

一条大河在人间
出将入相,让临夏
立身于洮河、大夏河和湟水河
塑形了黄土高原

丘陵沟壑里,水源涵养能落地
水土保持也能生根
一句花儿唱分明:
太子山下彩云追,向阳花海美
千里茶马驼队来,金色草滩美

兰州:城河相融

黄河母亲雕像,风里雨里
守护九曲安澜,母爱如山
温暖了一座城

兰州,大河穿城而过
百年的羊皮筏子
划过了随波逐流的鹅卵石

够想到的白塔山,黄河之滨
葱茏的山水,不只是生态廊道
是黄河安澜的见证

从酒泉路到和政巷
从皋兰山到新区
水灵灵的问候,兰州城市的底蕴
像在一朵浪花上

托起的大河源头,高蹈的风景
是黄河母爱的绿色屏障

秋天之外(外二首)

(山东)陈 默

你我对视如同相忘
借落叶,秋风,洄游之鱼
说起被雨声拆散的四季
寂寞的天堂口,老屋和秋千架

说起汉语失声,青春貌美
一个乘着火车四处漂泊的家

我们手持画笔,却无处着色
让一下午的时光,以留白的方式复活

秋天实在太长了
而我们,只有影子
溢于画框以外……

问道国清寺

隐匿于隋塔之上的佛骨
除去高
左右都有回头的岸

放生池中,四季宽宥
睡莲,鱼鳖,春水与半月
禅相具足

遇见自己（组诗）

（河北）刘挽春

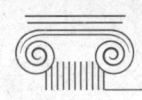

此间但凡动心起意
石上流过的清泉
便要前去点拨

只有隋朝的梅花依旧
盛开于明白与黯然之间
予取予求
任松风反复途经
口宣阿弥陀佛……

重 庆

想把时间剪成停泊的帆
一整个下午，像一个世纪那么长
那对凭栏眺望的男女
用词汇描摹叹息
从虚无说到万州

离家的时候，在重庆
我们像活在唐朝的异乡人
诗词的边角料

委身老迈与鲜活的磁器口
囿于渝水，无暇回应……

风和我的头发

据说，大多时候
头发能够留住风中的秘密
但我是一个俗人
思想单纯到没法说

我就是常年不理发
也不想知道什么
我只是知道头发是让风吹的
没有风，就等着

风一起，尘世就干净了
这就是为什么
我的头发总像是春天的青草
在风中拔尖

我像一只归鸟

小时候，夜里捉迷藏
躲在村口的大树后学猫叫
常常会惊飞上面的鸟儿

我昨夜归来，经过村口
那里没有一丝声息
它们是不是如我所想
去了孩子们梦里

天光大亮了，老树下
悄悄走出一只目光狡黠的猫
嘴角血红

我吃了一惊，心疼
想飞

听风抑或让风听

沉默是难捱的事情
因此我想在没人的地方
试着发声

要是没有等我开口
爱我的人就在风中走远了
那会更难受

我继续沉默吧
让风静静地听一听我的心
它也会去听远方

都说风中从来没有谎言
它说的
我认同

稻草人

我把稻草人扎在地里
给它穿衣戴帽，纠正身姿
像对待孩子

有时候，我累了
就冲着在远处吼一嗓子
它爱搭不理

秋收后的鸟群飞过
鸣叫声刚刚消失在远处
它就栽倒了

流浪猫

棚户区的人少了
流浪猫多得扎了堆

竹（外三首）

（北京）北　塔

它们住在楼下绿化带中
胆子越来越大
四处游荡就像是休闲散步
经常吓哭孩子

我见过一只訇訇的猫
小树下一动不动地盯着鸟儿
对我的经过
直接忽视

这些家伙好像不是被遗弃了
比苦厄中的我自在
比原先的主人神气

雪落在静谧的田野

此时大雪无声
以往都是白毛风

我走在乡间路上
沉重的足音没有惊醒雪下人吗
怎么如此安静

我想他们正在攥着麦子的根
感受幸福
忘了说话

而雪花儿
像是代替他们心中的念想
飘不停

无论他们把我横排还是竖放
我都兀自直直向上

他们可以摸着我的胡子叫我小鬼
我会低垂着叶子
俯瞰阿猫阿狗从我脚边走过

无论大地有多大
我的根据地只需要立一根锥子

每一节都是膝盖和脖子
哪怕被削、被砍
也绝不弯曲

幼童照镜子

镜子把我吞了
又把我吐出
我想自己走进去
却被玻璃挡住

我想用手指去戳他的鼻子
却戳到了自己的手指
我想去摘一朵他的笑容
却始终够不着他的脸

镜子的后面
是否还有一个我
我伸手到后面摸了一把
却摸到了自己的后背

我前进他也前进
我后退他也后退
我转身离开
他是否留在里面

风箱自白

你推我,我就给你吹
你拉我,我就送你一阵风

在你的推、拉之间
我帮你扇动了多少火

把多少生米煮成了熟饭
把多少骨头炖得稀巴烂

而我始终空着我自己
而且从不主动生气

睡　莲

花苞臌胀如同暴雨后的池塘
似乎有无限的汁液从地心
涌入花心。她枕着石蛙的胳膊
绽放的笑容连阴云都休想收回

充盈的蝴蝶已经完成采蜜
对她的小呼噜充耳不闻
随着微风的滑过和抚摸
她的小腹如小鼓颤颤巍巍

圆叶如巴掌遮挡着根蒂的
剧烈抖动,一尾肥硕的锦鲤
在她唯一醒着的部位钻进
钻出,而水面始终平静如石

举在梨树上的春天(外三首)

(吉林)东方惠

举在梨树上的春天
是赵州的春天,大片梨花
翻出赵州梨花节的记忆

一树树的梨花
在春风里忙着,它们想把自己开成
热烈的欢迎词

秋天,去看望一棵草

无论枯黄,还是翠绿
都不影响我去看望它

秋天的雨,将它淋湿
滴滴留在半圆的叶片上
像一颗女人痣,特别的
耀眼,阳光下毫不掩饰

枫叶,比我提前抵达
草的葱茏与衰败
对枫叶的到来,好像
并不在意。草挺起腰肢
想起春天,和春天
留给她的美丽

秋天,我去看望它一棵草
很想给它一些安慰,但它
好像比我更懂得,轮回的意义

一座山的高度

一棵山下的树
在仰望一座山的时候,目光
总是自觉不自觉的
拉高那座山的高度

树以枝叶为手,轻轻挥舞
渴望触及被阳光亲吻的山

风无法将我辨识
（组诗）

（安徽）毕子祥

羡慕且执着

只有到了夜晚，朦胧的月色里
树觉得自己才能与山，相互依偎

失眠的夜风

夜风不能安眠
在大地上徘徊，似乎满怀心事

城市的灯火渐次熄灭
只剩下月光与星光交谈
轻轻吹过的夜风
带走了谁的牵挂和情感

远方的山峦与大海
是否也在夜的怀里失眠
不息的夜风，穿梭于大街
小巷，是寻找失落的情感

还是寻找另一个自己

草

近些年
我的目光似轻柔的自由落体
缓慢而持续地向下飘落
滑过月桂、乔木、灌木
最终驻留草地

谦和寡淡的草令人平静
放弃野心是多么美妙
——我走出身体
成为草尖上那朵静修的蝴蝶

草　地

曾经我希望拥有广袤的草原
任雄心野马驰骋不息
而现在我只需要一小片草地
有浅唱低吟的蟋蟀相伴就很满足

这些年
我体内动物性的躁动日减

植物性的宁静渐增
似乎我的属性正从动物性
向植物性过渡

青草让我感到亲切
气息令我着迷
草地之于我，有着无限的磁力
闲暇之际，我会亲近草地
坐，抑或躺上一会
与草色融为一体
乃至尾随而至的风
都无法将我辨识

草　屋

它是自然的有机组成部分
居住其中的人类也是

与人混居的还有
鸟、蛇、鼠、虫等生灵

对于此类不邀自来的寄居者
主人的表情里全无茅草的凌厉

彼时，人的外表比较潦草
但，诺言工整

大多时候，内心绒草般柔软
眼神清纯似草尖露珠

草屋在风中发出天籁之音
我们的皮肤能够听到数公里外花开的声音

狗尾巴草

我的突然造访
并未给它们带来任何不适

相反，它们竖起毛茸茸的尾巴
欢迎我的到来

仿佛我是它们失散已久的主人
这令我获得极大的满足与慰藉

信步旷野
我犹如志满意得的富翁

走到哪，它们跟到哪
蹲下时，它们还会用毛茸茸尾巴
拂拭我的面颊

整整一个下午
我与它们相伴相随

直到它们摇落夕阳，摇来暮色

一片茶叶从井中发芽（组诗）

（四川）涂 拥

三元塔下

三元塔的传说远比阳光炽热
四百多岁了依然挺拔

爬上塔顶
能够俯瞰整个资中城
还能伸手摘到白云

悬崖边的傅家院子
年久失修，只剩下橘花摇曳
闪耀出比阳光更久的寂静

据说还换了主人
没有诗歌，也不再叫傅天琳

龙桥边看涨水

当桥墩石龙，在水中只露出头顶
洪峰被七月染得金黄
河流已然一条蛟龙

抵达河边时
舞动的龙身遏制住了
我们过桥的欲望

但一条水龙复活
足够让我们心田澎湃

夜游记

我比鲛龙少了一个神话
与鱼相差了一身骨刺

紫外线强烈的高原
我忽略了夜色也深。虽然强作镇定
却没控制住身体战栗

更没控制住要写下来
让自己记住

文君井旁边喝茶

甩下一座城，奔赴码头
就着一壶酒
将河流的传说直接饮下

白沫江仍在胸中荡漾
不过得悠着点，慢慢品尝
慢成一片茶叶从井中发芽

让司马相如卓文君
永远不老，像面前这杯春茶
来自城外花楸山上
千年茶树，却是刚刚摘下

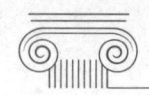

麦贵如命（外四首）

（河南）杜思高

那些年，每逢麦季
我和父亲都重复劳作
在雨肚里抢麦，在龙口下抢粮

气温比蒸汽还要高
我们磨弯月做镰，把身子拉成弓
挥汗如雨，衣衫结成盐碱地
嚓嚓嚓，镰刀与麦子的撕咬声在田里
　响个不停

那一天下午，电闪雷鸣
我们奔跑着把一个一个麦捆抱到架子车上
雨如瓢泼，打得睁不开眼
父亲弯腰驾把，我拉偏绳
低头把一架子车小山般的麦垛一拃一拃
　拉出麦地
深陷的车辙像一道铁轨箍紧麦地
扭转的鞋印如驼掌楔进地里

麦子比命贵
如今，父亲眠于南山坡上
在他脚下，起伏的麦田正一寸一寸变得金黄

麦 收

那些年，我们用忙碌喂养三夏
用麦袋子筑起掩体
喜悦把疲惫和饥饿压在身下

再大的风都没有麦粒重
在一场场风里，麦粒潇洒地堆成山
成为我们的靠山
汗渍盐碱的陈旧衣衫像一面面旗帜
舞动生活的欢快

此刻，辽阔的麦田像一面铜镜
麦芒摇动光波，泛着波澜不惊的涟漪
仿佛早已洞悉世相的隐秘
红色的大型收割机吼叫着，跑来跑去
像一个找不到对手的斗士，孤独求败

场　景

头发花白的卖艺人拎着二胡
蹒跚行走街头,一家一家门店探问
秋阳被风扯动,像斑斓的小旗

手柄一拉动,寒流就开始涌向人间
一股一股的冷,瞬间在街道上蔓延

正是秋天,树叶被二胡声拽下
跌落街头
像一个个灰色的蝴蝶在脚旁翩跹

音色翻转,雪片从曲调里飞出
落在老人身上,头顶
脸上的皱纹被冻僵,石雕一样泛着冷冽的光

曲毕,他趔趄了一下
仿佛一场大风,要将大树
连根拔起

黄昏拾笔

白发三千丈,一生的时光
比不过李太白一首诗长

在纸上写下河流
耳畔就响起涛声

慈善的心一般藏不住秘密
摊开手掌,细节从掌纹走向心脏

白河浇灭了落日
她的悲伤那么疼,一浪刚走
一浪又来

风反复奔跑
试图抹平在沙滩上留下的脚印

孩子们嘎嘎笑着,小白鸽一样
把一捆竹笋轻易举在头顶

洋槐花开

老家门前
一粒一粒的洋槐花开在枝头
像雪白的小银锭,悬在藏不住的地方
引来人们采摘,爬高上低
甚至折断树枝

采光了花朵的洋槐树
尚未长出叶片
像没有灯光的灯塔
孤独地立于荒凉的人间

只有精神和生命之美是唯一真实的
——写在上海市民诗歌节举办十周年之际

杨斌华

"时间的力道震颤过心房／我们背靠背而坐／白天和黑夜各自在我们前方消失"。

一转眼，上海市民诗歌节已经举办了十届。在积年累月的发展壮大中，上海市民诗歌节已经打造成为一张闪亮的上海城市文化名片，发展为广大市民学习、欣赏、交流诗歌的大型文化平台，诞育为当今上海广大市民终身学习和文化建设的优秀品牌。

十年倏忽间，她已然化育为上海当下文化共同体构建新征程上的一道亮丽风景，将创造中的喜乐情思和无尽的斑斓记忆深深印刻在人们的心里。当过往的文学时光悄然远逝的时候，我们除了喟叹时运无常以外，却似乎已然感受不到一个激情年代的文化似乎应有的逼人的光芒与昂然的姿态。试图简单描述一个年代的诗坛状况是及其困难的，何况它又是一种如此多元而驳杂的集合。我们愿意承认，这十年间的上海诗坛有一大批不同类型、不同诗艺风格的群体在顽强地努力，涌现出许多坚持独立写作立场的优秀诗人，各展其长，独标一格，共同铺筑着这个年代的壮阔诗路。

重新翻阅上海市民诗歌节这十年间的结集，无疑是一种令人愉快、令人赞叹、令人咀味无穷的阅读体验。作为网络时代的诗歌写作者，他们有着与以往基层作者或者民间写手不同的新的起点，也很容易在网络上找到优秀的范本，更能邂逅许多同类写作者相互批改与提高，还积极参与到在线同题练习、网路征稿比赛，在学习与提升创作水准的道路上，大大缩短了常规化的"升级"距离，也更能把虚拟世界的交流、互动、唱和，带入到创作的文本之中，在题材营造和语词淬炼上，更有鲜明可辨的时代印痕。同时，诗人作为个体，也有着各自独特的写作风格。这种个体性的写作元素，非常原生态地可贵地保留在他们各自的文本中。细观这些作者的文本，各有标格分明的印记，但确实较少雷同之处，一如这个年代的诗人们在网络世界中的翻跶而至，结伴前行，确实是风姿绰约，各具神采。

我以为，这些结集的出版问世，能够既为人们传达一种当下的新鲜独具的城市诗者的情感经验和体认方式，又标示着这些纷至沓来的各具个性的诗人在文学餐桌旁的青涩站姿，抑或，它只是互联网新时代语境下城市诗者毫不张扬的一次文本采样和备份存盘。并且，我相信大家已经能够愈益关注到现实中的城市与生活世界中业已发生的深切变化，因而出现了许多难以规约、需要重新把握的新的生活样态、审美经验，无法再被传统的叙事方式虚构与纪实了。当下城市风物的诗意书写亦复如是。在这一敞开的生活界面上，城市诗者无疑应该唤起自身的使命与职守，听从内心的导引，舞动语言的魔棒，承担起创造的重负与伟大，在营构自身完整自足的丰赡书写的同时，连接起更为宏阔的多重多样的生活世界。

中西文化的交融和碰撞孕育了百余年海派诗歌的精神传统。上个世纪30年代，戴望舒与卞之琳、孙大雨、梁宗岱、冯至等在上海创办了《新诗》月刊，成为当时诗坛最负盛誉的文学期刊。以"新诗"命名的现代诗歌样式一直成为文学中人们用以表达现实情怀与心灵诉求，最具生长性力量的重要文类之一。海派诗歌从来善于从古典诗歌传统中汲取菁华，并集历代诗风的婉约、含蓄和朦胧，与西方现代主义的表现方式互为表里，融汇完善了海派诗人孜孜以求的关怀时世、陶冶自我、追求卓越的艺术重构的顽强努力。

上世纪80年代以后，伴随着中国社会现实的急剧变化，新诗的发展也产生了强烈的多元的艺术嬗变，从而积聚了新的文学生命力。尚可欣喜的是，上海新世纪以来乃至当下的诗歌创作在复杂多变的时代投影下，依然坚持自己的艺术探求，呈现出姿态各异的丰富面目，使这些反映现实生存状态、带有城市特质的诗歌作品，多少跨越了一般地域性写作的狭隘樊篱。上海诗人的作品，无不凸现出他们在这座城市中热忱的生活渴望与深切的精神省思，勾勒出当代上海诗歌仍具探索活力的风景轮廓，更隐含着一种对上海诗坛的殷切期待，足以振奋我们为诗的未来而前行。

这些年，上海诗人群体的诗艺风格仍然显示出异彩纷呈的特征。他们仿佛是都市的漫游者，用繁富语词切割生活画面，勾画生命跃动的情境，以事写情、以夜造境，以生动的情节、纤细的描写道出人在都市繁华中的孤寂和灵魂的追问。他们更像是时空的穿越者，在重重的历史与现实的迷雾之间，用奇诡的语像、跳跃的思维、深入浅出地表达出于世界与人生痛彻的思考。上海当代诗人在诗歌写作中以各自不同的风格特色，建构了当下上海诗坛不断生长着的独特景象。

在上海的城市文化构建中，本土在地的诗歌传统素来得到重视和关照。这不仅是因为诗歌文化的积淀和积累是重要的历史文化资源，在城市发展、形象塑造过程中曾发挥过不可替代的作用，更重要的是看到了它对于今天的城市文化生态建设、在市场化大潮中抚慰人们的心灵、保持精神世界的平衡发展，所具有的和可能产生的积极意义，诗歌对于城市品格的形成和市民的生活方式都会产生重要的影响。我觉得，上海通过市民诗歌节培育的主要是非专业性诗歌创作的不断成熟和生长，肯定会在上海本土诗歌的地理版图上不断留下自己深刻可辨的印记。

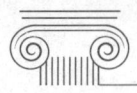

上海市民诗歌节是构筑上海诗歌文化共同体的重要一翼，目前还有已经举办了八届的专业性更强、辐射面更广的上海国际诗歌节，以及全国性的禾泽都林杯诗歌散文大赛，等等。过几年，还可能创办海派儿童诗歌节。诗歌节对于引领社会风尚、强化诗歌氛围、推动诗歌发展具有积极的促进作用，而构筑上海诗歌文化共同体，建设诗歌之都、文学之都，更是一项需要不断持续努力的艰苦工作。对此，我谈几点观感和建言。

一、着力认真整理、研究上海的历代诗歌文化遗产和资源。

综观上海市民诗歌节的十年历程，我自己也参与了、支持了许多主要活动，我觉得其特点特色在于：1.市民参与热情高涨，参与度和完成度均比较高。2.办节组织化程度较高，有完整的筹划和创新性较强的活动方式、形态，其中有很多复合性、创造性的实操经验值得总结和交流。3.创作成果比较扎实、丰硕，市民诗歌文化生态较为浓郁，相融共生，助力和促进文化发展的融合度较高，粘合度较强。

至于讲到着力认真整理、研究上海的历代诗歌文化遗产和资源，还有大量工作需要推进和完成。——譬如已有的孙琴安先生的《上海诗歌四十年》等著作，市民诗歌文化馆，上海诗社联盟，高校诗歌资料研究中心，等等。历史上有关上海的诗歌文化资料十分丰富。前人已做了许多工作，从保存文献的需要出发，历史上有关上海的诗歌文献资料，都应该认真搜寻整理，以备展陈和研究。

二、大力重视诗歌创作，加强、整合和推进诗歌文化教育，助推城市文化建设和市民终身教育。

要在传承和利用好诗歌遗产资源的基础上繁荣当前的诗歌创作。这中间包括旧体诗词与新体诗歌。可以探寻促进创作的多种方式。

这里着重梳理一下诗社建设的情况。诗社群落是诗人定期聚会作诗吟咏而结成的社团，反映着一定的审美倾向、诗学观念，有利于多样化创作风格特点的形成。现在全国已有一些大学或团体以及民间成立了一批多种类型的诗歌社团，有的已产生了一定的影响。坚持开展活动和创作，必然会有所成就。

市民诗歌节活动得到本市诗社如宝山的顾村诗社、浦东的书院诗社、北外滩诗社、田林诗社、闵行诗社、知青诗社等诗社的大力支持。诗歌节的举办也会反哺这些群众性诗社的发展壮大。诗歌节每年都会指导诗社开展采风、诗歌讲座、诗歌创作、诗歌朗诵会、赛诗会等活动。这些都全力促进了本市各诗社及诗歌学习团队的建设，出作品、出诗人，利用学习强国平台开设"诗社巡礼"专栏，重点宣传了本市十多家诗社，提升了上海诗社团体在全国的影响力。

同时，诗歌节的诗歌活动还在沪上各大校园里引起了热烈反响。复旦诗社、华师大夏雨诗社、上海师大蓝潮诗社、华东政法大学太阳雨诗社、市北中学海上星辉诗社、大同中学点石文学社等都积极参与诗歌节的各项活动。诗歌节每年都会在大学校园里举办一场校园里的诗人和中外诗人的对话，在面对面交流中亲身领略中外大诗人的风采，感受诗歌的无穷魅力，激荡并淬炼思想火花。2023年还特别增设了"大学生诗歌之星"奖项，关注校园诗人写作，获得沪上高校的热烈响应。通过多年的积累和磨砺，上海组建起了有200多家群众诗社、诗歌学习团队，并成立了上海诗社联盟，举办各种诗歌研讨会。这方面的经验和做法尤其值得总结和推广。

当然，重要的工作还是优秀的传统诗歌文化的学习传承。流传至今的大量古代诗歌包括现当代优秀诗歌名篇佳作，蕴含着我们民族的文化基因，需要坚持"诗教"工作。诗词教育重形象、意境、含蓄，易诵易记，以其艺术感染力使人们从阅读、吟诵、鉴赏中，收到震撼心灵、陶冶情操的效果，而且是持久的长远的效果。通过长期的多种形式的诗歌教育，使人们钟爱自己的城市，热爱我们民族的历史和文化，提升人文素质与情怀品性。

三、倾力建议上海市民诗歌节在原有节赛奖项构架上，设立更高规格的城市诗歌创作和研究奖项。

可以先从时间和空间两个维度来考量本土范畴中的非专业性诗歌创作。八十年代以来我们的文化逻辑带有线性进步论的痕迹，它所强调的是时间意义上的评判标准，文学观念的塑造占据的是时间意义上的制高点。我同意这样的看法，从时间维度上讲，从历史的轨迹上来讲，当代诗歌包括当下民间诗歌写作发生了很大的变化。但是，就文学品质、诗意方式而言，到底产生了怎样的变化和差异，是值得我们仔细考量的。时间的划分也许并不能显示出强烈的差异，但以空间的维度来加以探察，或许就能够充分展示出一种斑斓繁复、变化多姿的不断延展、不竭生长的极为丰富的过程。

另外一个考量的视角，是民族国家文化共同体的一个地域意识形态的概念，如同我们对当代民间诗歌现状的探究所展现的诗歌群落的多元化、多样性，以及地理版图的丰富性和融合性。在中国，还特别可以有北方和南方的地方美学的划分，区域标识很大程度上也可以是一种文化的美学层面的表征。

这无疑会构成诗歌研究的重要一端。不同流派和文学接受背景的诗人群落风格各异的集力的呈现，文学的年代性划分和不同的命名，以及意识形态意义上的区分，都是真正构成当代诗歌的多元性和研究视角的多维性的学理成分。文学研究一直有内部/外部之分，而内部的丰富性和生长性如何得到有效的有力的呈现，拓展新的空间，建立新的思考维度就变得尤为重要。所谓主流的体制的写作被不断整合，越来越一体化以后，怎么来找到一种文学叙事中的新的精神裂隙，寻求一种不断变化生长的差异性，体制外的散落的民间写作的繁杂诡异的独特的喧嚣就无疑变得令人瞩目，而构成对惯有的一体化的文学秩序的有力挑战。从中，我们或许可以注意到两点：一是这些年民间诗歌的格局气象为什么会发生巨大的变化，成为一种不容小觑的写作力量，值得我们仔细探察。最重要的是，民间诗歌的写作在诗人身份的多元化、写作意识的转变之后，是如何携带了更多有价值的文化信息、鲜活的经验和生命力、语言的张力，提供了独赋魅力的诗美质素，从而冲击、颠覆、重建了原有的写作的语言权利结构。这些都是留待我们日后可以细致探察的课题。

上海市民诗歌节在原有节赛奖项构架上，设立更高规格的城市诗歌创作和研究奖项，此类举措必将有助于促进对于诗歌文化的强力关注，拓展上海市民文化生态空间，提质赋能诗歌教育和研究的能级和水平，对于赓续和弘扬海派文化和中华传统文明、现代文明的精神，都会产生积极和深远的影响。

至于说到上海诗歌文化中的城市意识，我认为，在诗歌写作中，城市镜像往往透过诗人个体对城市景观的内心感知和现实世界的情感经验，投射到自身的心灵界面中，化育为多重多元的精神体验。每一个人对城市景观的感受和情感体验都是具有独特性的，取决于他的个人背景、价值观和情感状态等多样因素。纷繁喧嚣的城市景观容易导致个体的压力和焦虑，使之感到悸动不宁。同时，或许它也意味着有发散性的活力和有省悟力的触发点，促使其思想的涤荡。再者，城市镜像还能够唤起个体的回忆和情感，过往的经历和眼前的物象都可能会引发他们的怀恋情愫和情感联系，并赋予其特殊的情感色彩，与之紧密勾连。上海诗歌文化中的城市意识，应该首先展现为诗人的一种情感沉浸式的主观体验，一种带有个性化的读解，抑或语言符码。

在当下社会的快节奏生活中，人们惯常忙于工作、生活的琐屑之事，极少关切留意周遭的环境氛围和个体的情感郁结。然而，在日常生活中，无论是自然风景、人文风情，还是生活境遇中的点滴细节，又无不蕴含着诗意和美感，期待着人们去发现和感知。不过，诗歌书写的精心营构倒是往往能够穿越生活表象的迷障，超拔日常，别出机杼，从而发现易于被人们忽略的诗情之美，重新审视并赋予生活以更多的意义、美感，以及更深沉持久的精神愉悦。

在城市诗歌的流转变化中，任何旨趣益远的抒情与叙事相交融的心灵书写，必然需要写作者携有丰富深刻的生命经历，同时在诗艺技法上勇于胀破规范，挑战限制，勇于破格，方才可能唤醒通常已被磨灭的语言想象，使得语词的弹跃变得不可预见，产生更为强烈的冲击性，诗歌因而可能表现为一种真正自由的道法自然与生命的精神想象，生成经久不息的影响力和互动性。

先贤有言，"虚己以求，览群言于止水"，甚而"奋励有志于当世"（苏辙语）。钟情于诗，化诗于民，时日相继，必成气候。上海市民诗歌节的十年历程本身即是无穷诗篇，一切未成，一切待成，一切有成。究竟什么才是上海城市诗歌文化建设最为切要的使命担当和意义硬核？我想，答案透过市民诗歌节十年间的砥砺奋进，已然不言自明。在语言文化的世界里，只有精神和生命之美是唯一真实的，当它来临时，一切都形同虚设。而上海市民诗歌节作为一种文化品牌的经略和营造与之相契合，正是在我们所见到的节赛形态组构的创造性的结合，甚至是带有方法论意义上的构造中不断探索，不懈寻求，以生长出一种新的文化可能性。

读经偶得

《诗经》里的"谤讪"之声

伊 人

一

先来看两段诗:

老天暴虐太过度,
灾难遍布满国土。
政策谋略全错误,
哪天结束这痛苦?
好的计谋你不听,
坏的主意反信服。
我看现在的政策,
糟糕透顶弊无数!

人们叽叽又咕咕,
我心悲哀难解除。
正确意见提上来,
千方刁难百计阻;
错误主张提上来,

一拍即合就依附。
我看现在的政策,
不知弄到啥地步!
……

这是当下哪位伤时忧世之士,用诗的形式来表达内心的忧愤吗?不,不是。作此忧愤诗的,是两千八百年前的古人,当然他的语言不会这么现代,原诗是这样的:

旻天疾威,敷于下土。
谋犹回遹,何日斯沮?
谋臧不从,不臧覆用。
我视谋犹,亦孔之邛!

潝潝訿訿,亦孔之哀。
谋之其臧,则具是违;
谋之不臧,则具是依。

读经偶得

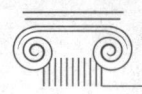

我视谋犹，伊于胡底！

诗开头的"旻天"，不是指自然之天，而是"溥天之下，莫非王土"的那个"王"，在《春秋》等典籍里，称为"天子"或"天王"，这里特指当时的周幽王。诗作者如此直言不讳，说三道四，岂不是肆无忌惮，"谤讪"赫赫在上的"天王"？

这首诗出自《诗经·小雅·小旻》，译注者程俊英先生，是程树德先生的女公子。我们知道，程树德尤以《论语集释》享盛名于世，那是《论语》注释的集大成之作。而家学渊源的程俊英，则是造诣颇深的《诗经》研究家，厚达七百页的《诗经译注》著成时，她已银丝满头、年届八十。

或许，有人觉得程先生的译文过于俚俗、现代，其实为使更多人能对《诗经》明晓易解，这显然是可取且必要的，事实上《诗经》研究家亦大多如此。余冠英先生的《诗经》今译，同样是俚俗而现代，例如《生民》中说后稷刚生下来，"诞寘之隘巷"，译为"把他扔在胡同里"，四千多年前的远古时代，哪有"胡同"这个说词？但读者一看，就有了景象感。前面所引程俊英译诗中，"政策"这个词，在周代也是没有的，但将"谋犹"译为"政策"，想必经过了一番推敲。所谓"不在其位，不谋其政"，朝堂上所谋者即政也；而"犹"通借为"猷"，意指策略，那么，"谋犹"译为"政策"，便显得很确当，读者也容易理解，堂堂周朝中央，首先不就是要管好政策大计吗？

我购得《诗经译注》近四十年了，以往时时翻阅，感兴趣的大多是美妙而有情致的国风诗，对忧愤刺世的诗不怎么关注。而近时重温《诗经译注》，读到上述这篇诗，尤其是程先生对此诗的今译，顿觉"心有戚戚焉"，有一种触手可及的现代感，仿佛这就是为我们当下而作，直抒无数人的心声……为此不禁喟叹：诗，穿越时空，触摸到我们的痛！

《诗经》中忧愤或刺世的诗，除此之外还有多篇，这类诗当然不为庙堂尤其是被讥刺的权势者所喜，在他们看来就是"谤讪"。那好，就按这个说词，再来看看，《诗经》里面还有哪些"谤讪"之诗。

二

国风中有不少贬刺的诗，其中有些是泛刺，并不具体指明哪个人，如《硕鼠》，把横征暴敛者比作大老鼠，发誓要远离他们，移民到向往的"乐土"去。《相鼠》指不知廉耻的人，比老鼠还不如，"人而无仪，不死何为"，"人而无礼，胡不遄死"，言词更为激烈，直接咒人快点死掉算了，不过没明指张三李四。《墙有茨》亦闪烁其辞：

墙有茨，不可埽也。
中冓之言，不可道也。
所可道也，言之丑也。

……

这是一首著名的诗,讥刺卫国的宫闱丑闻（中冓之言）,说那不可以讲呵,讲出来太丑陋龌龊啦。那不可讲的丑闻,指卫宣公占有儿子的新娘,及其他乱伦秽事,但未予以明指。另外还有一首《鹑之奔奔》,也是贬刺卫国宫廷内的乱伦,说鹑鹑、喜鹊各有配偶,有人连鸟鹊都不如,为此叹息"人之无良,我以为君",隐约透出所指——国君。而一篇《新臺》更是昭然若揭：

新台有泚,河水瀰瀰。
燕婉之求,籧篨不鲜。

新台有洒,河水浼浼
燕婉之求,籧篨不殄。

鱼网之设,鸿则离之。
燕婉之求,得此戚施。

这首诗当然不是出自新嫁娘之口,而是不知名的作者,藉她的眼光、口气倾诉——本想嫁个如意郎君（"燕婉之求"）,却碰上个蛤蟆似的丑汉（"得此戚施"）！将丑剧主角卫宣公彻底曝光,无所遁形。于是,《新臺》流行,四处传唱。卫宣公照样笃定泰山；笑骂任由笑骂,美媳我自占之。自然也有代价：他的丑名永久登榜在《诗经》上了。

齐国也有乱伦丑闻,而且还闹出了惊天血案。鲁桓公十八年（公元前六九四年）,桓公赴齐国会见齐襄公,夫人文姜随行。到齐国之后,文姜与同父异母的襄公通奸,桓公得知奸情,对文姜予以怒斥；襄公听了文姜哭诉,借置酒宴请之机,派力士彭生杀死鲁桓公,随后又杀了彭生,以平息鲁国人的愤怒。于是齐国便有人作《南山》,讥刺这起乱伦事件,由于齐襄公是个狠角色,《南山》写的较隐晦,不像卫国的《新臺》那么劲爆。还有一首讽刺文姜的《敝笱》,就直接多了：

敝笱在梁,其鱼鲂鳏。
齐子归止,其从如云。
……

鲁桓公被害之后,文姜（即诗里的"齐子"）更无所顾忌,经常去齐国与兄长私会,每次赴齐都大张旗鼓,驷马车驾,从者如云。此诗以"敝笱"作喻,显然是很挖苦的,不过,对耽迷于"鱼水之欢"的文姜来说,似乎也无所谓。

在"陈风"中,有个叫陈佗的被讥刺得更厉害。此人其实姓妫,是陈国的公子,在其兄陈桓公病危时,他杀了太子,自立为国君,国势遂陷于混乱,他居然还有闲心,去蔡国寻花问柳,结果被公子跃联合蔡人杀死。在他还是国君时,陈国有人作《墓门》（"墓门"是城门名,与墓地无关）,对他予以嘲讽及警告：

读经偶得

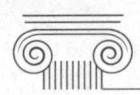

墓门有棘,斧以斯之。
夫也不良,国人知之。
知而不已,谁昔然矣。

墓门有梅,有鸮萃之。
夫也不良,歌以讯止。
讯予不顾,颠倒思予。

程俊英先生的今译很精彩,更显出此诗的犀利、辛辣:

墓门有棵酸枣树,拿起斧头砍掉它。
那人不是好东西,大家都很知道他。
恶行暴露他不改,向来生个坏脑瓜。

墓门有棵酸枣树,猫头鹰啊它安家。
那人不是好东西,唱个歌儿讥刺他。
讥刺告诫他不听,灾难临头才想咱。

这首《墓门》表达了当时陈国人的心声,一传十,百传千,传唱者无数。传到陈佗耳朵里,他会怵然反省吗?想必不会,更可能是嗤之以鼻:我堂堂国君,还怕你们作诗谤讪?在他眼里到心里,不知"敬畏"为何物。那么,最终"灾难临头",当然是他该得的。

三

在国风诗篇中,讥刺对象的上限是诸侯国君。而到小雅、大雅里,有些诗的矛头竟直指天花板——周天子,具体说是祖孙俩,前者是周厉王,后者是周幽王。

周厉王暴虐无道,上卿召公进谏:"民怨日甚,不堪忍受暴虐政令了。"厉王是个狠角色,不仅听不进谏言,还立即找来一个卫巫,担任监察舆情言论的"盖世太保",只要卫巫指谁讪谤,厉王就下令格杀勿论,一下子杀了很多人;京畿气氛肃杀,人们在道上相遇,不敢说话,只用目光示意。厉王便得意地对召公说:"我消弭怨谤,士民都不敢出声了。"召公语重心长,说了一番"防民之口,甚于防川;川壅而溃,伤人必多"的道理,他哪里还听得进去。过了三年,国人终于忍无可忍,起而反抗暴政,厉王被逐出周都,流亡到晋国的彘(今山西霍县),后来死在了那里。

尽管周厉王以诛杀实现其钳口止谤,但毕竟做不到彻底封杀,扑灭一切讥刺斥责的声音。在大雅里有《民劳》《板》《荡》《桑柔》四篇"刺厉"之诗,而且篇幅都不短;其中《荡》尤其别出心裁,借托周文王指斥殷纣王的手法,指桑骂槐地痛斥厉王。如其中的两段:

文王曰咨,咨女殷商!
女炰烋于中国,敛怨以为德。
不明尔德,时无背无侧。
尔德不明,以无陪无卿。

文王曰咨,咨女殷商!

如绸如羹,如沸如羹。
小大近丧,人尚乎由行。
内奰于中国,覃及鬼方。

程先生的今译如下:

文王开口叹声长,叹你殷商末代王!
跋扈天下太狂妄,却把恶人当忠良。
知人之明你没有,不知叛臣结朋党。
知人之明你没有,不知公卿谁能当。

文王开口叹声长,叹你殷商末代王!
百姓悲叹如蝉鸣,恰如落进沸水汤。
大小事儿都不济,你却还是老模样。
全国人民怒气生,怒火蔓延到远方。

收录到大雅里的"刺厉"之诗,可推断并非来自民间,"谤讪分子"一个个身首异处,谤诗作为罪证悉被销毁,士民都惶悚莫敢言了。存世的"刺厉"诗,皆出自周朝上层,是卿大夫级的"高干",他们奋笔作诗,坦承"是用大谏"。《板》的作者更是高层的"老同志",他在诗中正言告诫:

老夫灌灌,小子蹻蹻。
匪我言耄,尔用忧谑。
多将熇熇,不可救药!

程先生的今译是:

老夫恳切尽忠诚,小子骄傲不像样。
不是我说糊涂话,你竟调笑太轻狂。
多做坏事难收拾,不可救药国将亡!

厉王被当作"小子"挨训,心里自然窝火,可他再狠,也不能把"老夫"怎样。至于"盖世太保"卫巫,亦不敢冒犯造次。这些"刺厉"诗,当时想必在周朝高层中,小范围内传阅或抄存,尽管对厉王并无棒喝、警诫的效用,至少也藉此一浇积郁于心的块垒了。

讥刺周幽王的诗,见诸小雅、大雅,有八、九篇,比"刺厉"之诗多一倍,想必是因为幽王封杀手段,不如其祖父那么"厉"的原故吧。"刺幽"诗的作者,不只有上层大夫,还有位卑小吏,以及坊间士人,他们因不同的阶层,各自写出身处乱世的深切感受。《十月之交》写到日食,以及伴随而来的灾象:

此日而食,于何不臧!
爗爗震电,不宁不令。
百川沸腾,山冢崒崩。
高岸为谷,深谷为陵。
哀今之人,胡憯莫惩!

程先生今译为:

太阳遭蚀了不得,坏事临头怎么好!
电光闪闪雷轰鸣,政治黑暗民不宁。
大小江河齐沸腾,山峰倒塌乱石崩。

高山刹那变深谷，深谷顿时变丘陵。
可悲如今掌权人，何曾引以为教训！

古人相信天人感应，此诗作者也将自然灾象与政治昏乱联系在一起，也就是所谓的"天谴"。诗中"高岸为谷，深谷为陵"这句自然灾变的写照，后来便成为哲人用以诠释社会大变动的经典名句。

幽王的下场比其祖父厉王更惨，申侯联合犬戎发难，杀幽王于骊山（今陕西临潼）。后立幽王之子继位，是为周平王。公元前七七〇年，周王室从镐京东迁至雒阳（今河南洛阳），西周王朝由此落幕，厉王和幽王实是终结西周的"加速师"。平王东迁标志着一个时代的开启，这就是"处士横议，百家争鸣"的春秋时代，哲学家雅斯贝尔斯将其与苏格拉底、柏拉图的古希腊相媲美，称之为"轴心时代"。

司马迁在《史记》中有孔子删诗之说，从"古者《诗》三千余篇"，迄至于"三百（零）五篇"，所删竟多达十分之九！孔子真的如此大刀阔斧删过诗吗？司马迁并无凭据。《论语》中记子贡曾问孔子："君子亦有恶乎？"孔子回答"有恶"，其中一条是："恶居下而讪上者"，即憎恶处下位的人谤讪上层的人（这是一个全称判断）。若按夫子这条憎恶原则，《诗经》中嘲讽诸侯国君、尤其是讥刺至高无上周天子的诗篇，岂不是都得删除净尽？但孔子没有删。事实上在孔子出生之前，就有了成品的《诗》（西汉时设"五经"博士，才称之为《诗经》），作为上流贵族到士君子公认且必修之"艺"。据《左传》所记，吴公子季札访鲁时，由公室乐工为他奏乐唱诗，从《周南》《召南》《邶风》《鄘风》《卫风》《郑风》……到《小雅》《大雅》《颂》，顺序跟《诗经》的编次几乎都相合。而当时孔子还只是八岁的童子。因此，孔子对已然成熟且成型的《诗》，当知道必须予以尊重对待，不至于凭己所恶而擅以狂删。而且，孔子谈到《诗》，有一条是"可以怨"，这样，"居下"而讥刺"上者"——从国君到天子，就有"可以"的合理性了。

《诗》并非孔子所编，那么他做了些什么呢？《论语》有记：

子曰："吾自卫反（返）鲁，然后乐正，《雅》、《颂》各得其所。"

可见孔子晚年回到鲁国，主要是对《雅》《颂》的诗章做正乐的工作。《小雅》《大雅》里有十多篇"刺厉"、"刺幽"，这些诗大多不只是"怨"而已，如《毛诗序》所说，是"乱世之音怨以怒"。我很好奇，夫子如何为这些诗正乐呢？是如泣如诉的，还是怒不可遏的？可惜的是：《诗经》犹存，孔子所正的乐没能留下来，唯有无从想象的遗憾了。

浦江诗风

一张纸上，收拢风雨（组诗）

蓝无涯

秋日深

一笔带过，这宣纸上的枯山水
文字里的野狐禅，略带凉意
和疏淡的枫叶荻花是枝头上的节度使

风雨有时，阴晴有时
过了寒露就是霜降，菊香冷蕊
大雁南飞，高天流云遮不住一句鸟鸣

仰望或者俯瞰，皆源于十月
自身的海拔。秋水是一种潺湲的哲学
如此流去，逝去，老去……

偶尔也有明月从一角儿探出来
照你弯弯的眉眼

绿皮火车

一列绿皮火车缓缓靠站
卸下行李，辎重和分流的人群
卸下风雨晨昏。时光如一节节车轨
铺向远方和未来，站台上
瓜子汽水泡面的叫卖声，渐行渐远
一个时代的侧影，正趋向于
清晰，明了，简洁

从此到彼，从彼到此
我在纸上画出你的轮廓和心跳
而我的下一站，又在哪里？

夜雨寄北

在夜里，雨下得很抽象
一滴滴连成丝，一丝丝连成线
一线线像泼墨的行草，奔突于天地
悬垂于屋檐和眉睫，声声慢
声声入耳入心，这流动的夜啊黑得发亮
适合一个人，一杯茶，掌灯开卷
沉浸式阅读。适合烟酒后的
杯盘狼藉，半醉半醒之间
一首歌唱响故园，窗外的风
奏着夜雨的离索和中年的沧桑
轻轻地翻个身，朝着家的方向

雨声如诉，打湿我一千多里的梦

一根白发

尤其是在夜里，这一丝花白
与周围聚拢的黑格格不入

显得刺眼和无所适从
这中年，晚年的信物呀
很轻又很重，岁月是一笺心痛
坠落时，仿佛整个世界都听到了
它的叹息。灯光努力地漂白所有的夜

风中，它翻了翻身
我轻舒一口气，仿佛吐出了
所有的激情和壮志未酬

一张纸上

在一张纸上，收拢风声雨声
种植花草鸟鸣。人到中年
该放下的都已放下，耿耿于怀的
且随它去。半山亭里沏一杯酒
听耳边的蝉鸣叫破夏天

六月的荷塘盈满绿意，蜻蜓和蝴蝶
偶尔来点水，漾开的是涟漪还是心漪
白鹭亮翅，乌鸫放歌
登高可以眺远，涉川可以忘忧
杯中物可以消万古愁

午后两点钟，叶脉里的小睡眠
一张纸有了临时的解脱

垂　钓（外二首）

箫　鸣

你的目光，一直系在鱼竿上
每一回垂钓，都像是一场远行

有时，你把自己想象成一条鱼
或一片落叶，静静地浮在水面

当一条鱼，猛然被钓出水面
你庆幸，终于活捉了
自己一回

理　发

把头颅交给了理发师
不等于交出思想

荒芜的田园需要打理
无非想听几声鸟鸣

一茬茬头发飘落下来
仿若秋风扫落叶

咔嚓咔嚓的剪刀声
有着金戈铁马的步伐

穿透云雾的翅膀

（外四首）

时　光

告别了飘逸的长发
仿佛在告别昨天

散落满地的烦恼丝
仿若一地鸡毛的人生

每月来一场飞长留短
不也是修理生活

细瞧镜子里的那个人
想从头认识自己

阅　读

打开一本书
你就打开了一个世界

每一本书，都藏有一扇门
从人情练达到世事洞明
每一页都耐人寻味

抱着一本书，行走在世上的人
以及来回穿梭在一本本书里的人

终于明白，所有的阅读
都是在阅读自己

我的心栖息在宁静的港湾
岁月如常
像门前的小溪不经意地流逝

也许我已被遗忘
像一片树叶孤独地飘落地上
也许在一片柔情和泪水中
有人还会真切地回想起我的过往

还会有鲜花和掌声
热泪和亲吻
还会有纵情的酗酒
和真情假意的温存

可我已不在那里
在你满怀需要的时候
不再时时刻刻呵护你

——我的魂会回到那里
煽动着仁爱的翅膀穿透了层层云雾
因为那里有我钟爱的花蜜
为之我曾经义无反顾

可如今我早已不在那里
我的心栖息在宁静的港湾
岁月如常
像门前的小溪静静地流逝

不知道高原的孤雁又飞去了何方……
此后，每逢中秋我都会想起那个夜晚
想起你微笑着向我点头致意
宛如山坡上那丛美丽的格桑花……

美丽的格桑花

袜子弄

一尘不染的圆月高挂在天上
旅店的天台在银色的垂幔中进入了梦乡
沐着夜色你含笑向我点头致意
宛如山坡上那丛格桑花盛放
多么静谧的中秋夜呀
流水的月光在你的双眸里盈盈闪亮

我俩就像一对划过夜空的流星
交会的刹那互放了光芒
你是高原上的白衣天使
拥有哈达一样纯洁的心肠
你把痛苦埋进了雅鲁藏布江的谷底
你将仁爱化作了珠峰顶上的那道霞光

秋日泛红的苹果般的年华啊
可玫瑰色的甜酿还未斟入你的酒杯
饱受了重男轻女陋俗的冷眼
看惯了纷纭人世的勾心斗角
你说你像只孤雁在清幽的山谷里飞来飞去
冥冥中早已向往那座梵音袅袅的山崖……

清晨，吧台上留着你的——"藏漂"
优美的藏文仿佛串串音符在封面上颤动

这是你最喜爱的一条路，
虽不长，但四季迷人堪可入书。

啊，一切皆在春的妙时中展现：
清新甜润的气息在荡漾，
古树的嫩枝如玉臂纤纤，
沿街的店铺像花绽放，
新弄恰似一位妙龄女郎，
游人如蝶，驻足欢畅！

夏天这里是一片繁华盛景，
枫杨与梧桐，友好地搭起翠棚，
蝉和鸟儿，和谐地汇成乐音，
多烂漫呀，仿佛昔日的机杼声，
穿越了时空复活，
瞧学子们穿着轻美的暑袜如风飘过。

秋天的早晨有些微凉，
薄雾似柔荑，轻抚着路灯和小窗，
痴情的聪浦桥啊日夜凝望，
通波塘的河水淙淙流淌，
禅定寺那尘缘往事，唤起无尽冥想，
最恬静的思绪在秋风里浮荡。

这里的冬不怎么冷，
梧桐赤裸着仰望穹苍，
当黄昏来临，米念公寓陷入温馨的梦境；
此时，蛐蛐躲在墙角清咏，
思念如夜幕渐渐浓厚，
邱家湾里正响起圣心堂弥撒的钟声悠悠……

离别的日子

看见你真好，
悬着的心落了。

在离别的日子里，
常梦见你默默地站在窗前，
一脸黯然地凝视着远方……
思念郁结着你的眉梢，
花朵似的笑容不再绽放；
忧郁紧锁了你的双唇，
密雨般的亲吻不再降临，
就连窗外的天空也变得阴郁而苍茫……

在离别的日子里，
亲爱的，不要难过，
不用为我忧伤。
要是你想念门外那熟悉的哒哒的脚步声，
要是你睡在温暖的小床上感觉有点冷，
要是你咬一口雪嫩的手臂不觉得疼……
哦，亲爱的——，
就连窗外的老槐树也在学我低头独自悲伤……

在离别的日子里，
每天我都替你想过种种景象，
每处都像我俩在一起时的模样：
你的星般柔情而晶莹的双眸，
鲜艳的面颊，朱唇榴齿间吐露着芳香；
还有那甜蜜温馨的小屋，
时时弥漫着淡淡的茶香，
就连它的上空常常漾起迷人的薄暮的光亮……

致爱情

人这一生
注定有些事情不知道怎样把握
来的时候让你手足无措
辗转反侧
神思恍惚

阳光一如拥抱着大地
蜂儿依旧亲吻着花蕊
凉风轻拂山林
潮水依偎沙岸
可心中的澎湃啊
如此汹涌

沉淀吧沉淀一下
等所有的潮水都退去了
再慌慌回眺
霞光中那座矗立的礁石
是否只如初见

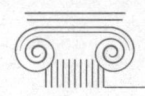

秋意从夏天里飘来（外二首）

丁国平

秋意从夏天里飘来

岁月已渐渐成熟

该长大的果实都在树梢

大片黄金稻穗在低头感恩

它们身上，凝聚了太阳的味道

秋意从夏天里飘来

还在留恋田野里蛙的鸣叫

远山的枫叶开始红了

吸吮着秋风舞动了歌谣

近窗明月点亮了记忆

恰如苦涩而浪漫的豆蔻年少

尘世短暂的宁静，在小窗一角

剪一片秋光

剪一片秋光，该隐藏的隐藏

比如秋菊的韵味

不能随意透露，内蕴才意味深长

剪一片秋光，该张扬的张扬

比如秋枫的气质

若不奔放些 那秋霜怎肯泪凝数行

剪一片秋光，该漂亮的漂亮

比如秋水的宁静，溪底的彩石

水中花似的绽放

枫　叶

捡起一枚枫叶

如同捡到一个秋天

它们在大街小巷的点燃

对于我这个写诗人来说

是一种救赎的语言

千里江山如画
（外一首）

李耀宇

始终有人将开阔水域
陷入深思熟虑中。精心的布局就有
近处水草丛生，远处烟波浩渺
与《千里江山图》同幅同频

始终有人将山势雄秀高高举起
习惯将水潭、溪流及瀑布群的声音
与云烟转身不谋而合

无法想象明代徐霞客藏着的惊喜
居然与游历四方被天下风物吸引
而他的兴致、悟性以及感叹
因念山水当生平奇览，犹如传说中的秘色

多么美，极境"千里江山"甚是壮观
有一种藏在水墨丹青里的恢弘
我一直在透过千载光阴缝隙中阅读

大峡谷的震撼

这座天梯
架在大峡谷悬崖
有仰望时那种心惊
然后登上云间

骇世地缝。狭长奇特深幽
瀑布飞流直下，泉水清澈冰凉
仿佛神仙下凡人间
一边被簇拥，一边在乐曲声中示范

绝壁长廊。山回路转时而生动，时而丰盈
大自然孕育它的神奇
绝壁者无峰林，有峰林者无绝壁
隐秘而稀罕，在看不见的深处肆无忌惮

世外桃源。群山重重叠叠
那些膨胀在大峡谷的奇险之美
画成一幅幅美丽的山水墨画
收藏着气势雄阔的绝壁险峰，如醉人时的
　感叹

《上海诗人》理事名单

常务理事　　　　　　　　　　　　陈金达

记忆中的始丰溪（外一首）

陈孝连

现在的始丰溪，两岸是坚固的大坝
一块块岩石，构成牢不可摧的防线

不像少年时的始丰溪
没有大坝拦截，我和小伙伴们
喜欢往溪水里漂石片

谁的石片在水面上漂得远
谁就赢了

赢的人会得到一颗糖果
含在嘴里，可甜上好几天

同 桌

少年时，我们有时同桌
有时前后桌，后来各自再无音讯

今年回家乡过年
惊喜碰到了你，听说我单身
你脸红了，两眼哀怨又期待
一声不吭，望着我

听说你还单身，我欣喜若狂
心跳顿时加快

一朵云飘过来，它的颜色像极了
你那年穿的白裙子

八大山人（外二首）

张国炎

跌落的血泛起墨花
孤枝落月幻象人间
愤懑！漂白飞禽的眼
刺痛灵魂最后尊严
裂变成一笔一画

癫狂在人潮人海
任凭冰霜凌乱须发
自渡！远山画个留白
缥缈着梵音与青烟
成就个亦僧亦道

穿越时光的廊
态度仍鲜活在纸上

七 夕

银河外一轮新月
钓出人间万家灯火
谁为爱双向奔赴
划出意识流完美曲线
背负的筐篓装不下年代
那份沉重落在人间
于是承诺变成借口

约定成为馈赠的符号
亮如白昼般拱桥
一边走过失意
一边迎来欢喜
谁又会在意遥远的静谧
续一段连线传奇

现世莲花

思想雕刻诗句
情感燃放火花
多少次困在雨中
你总在雨树灯下
心若无所挂
为何还滴滴答答

渡河的船很慢
归来的路很远
此心若能安放
何必用脚步丈量
外面的雨停了
把背影拉得长长

岁月匆匆走过
蹉跎着前额发边
抱来襁褓的洁白
造一朵现世莲花
食指拨弄缘机
点开新世界的窗
做成一个你
引来一片光

西域行（组诗）

倪家荣

高原上的油菜花

美美的油菜一片金黄
追随着白云在高原上流淌
群山的雪光映衬纯洁
爽朗的高原风掠过脸庞
四方的游客涌来朝觐
争睹你的风采芳华
满天的蜜蜂从天而降
顶着星星迎着霞光拍动翅膀
采撷芬芳酿成甜蜜分享天下
奔淌的大通河为你点赞歌唱

金黄的油菜花开放在草甸山冈
勤劳的牧民赶着牦牛为你梳妆
菜花谢了明年又放
一茬又一茬深恋着这青藏高原

美丽的伊犁河

伊犁河 宽广美丽的河
没有白帆 没有汽笛 没有妆扮
把喀什河 清水河 特克斯河

西风吹　棉花白　玉米黄

克拉玛依的井架高高立

黑色的黄金哗哗淌

你永不停歇沿着心愿向前

伊犁河　我曾沿着河边走过千百里'

与你牵手

动情地窥你容颜

你是否还记得我

今天我要把你织进梦中

诉说衷肠共眠

金色的向日葵

金色的向日葵

亮丽在北疆

每日仰起头

遥望东方

陪伴身旁的牛和羊

一个圆盘一个小太阳

照亮西域美丽的牧场

我要采撷你金黄的花瓣

装扮扬鞭驰骋的牧马姑娘

金黄的葵田金黄的海洋

葵盘勾起我童年的梦想

今天我从你身旁走过

要把你带回遥远的家乡

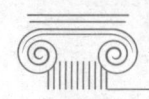

一条条子河搂入怀中一起唱

闪烁着阳光　滋润着两岸

泼一幅油画

挂在天山北

伊犁河　清澈无私的河

浅浅的河床铺满了卵石

不纳污垢　不带泥沙

饮的是天山泉

曲曲弯弯　穿过荒滩

绕过石壁

清清白白向前流

笔挺的黑松　高高的白桦

为你遮荫　与你长伴

伊犁河　富饶的河

两岸石榴红　瓜果甜　马儿壮

诗海钩沉

何其芳及"何其芳现象"

韦泱

何其芳（1912—1977）的诗，是不能不谈的。他的诗曾经使我着迷，就是现在读他早期的诗作，也不能不为之钦佩。那些诗清纯、情真、精致，富有青春气息。

何其芳生于四川万县，一九二九年到上海，入读吴淞中国公学预科。第二年考入清华大学外文系，后到北京大学读哲学系。在上枯燥的哲学课上，他的眼睛"却望着教室的窗子外的阳光，不自禁地想象着热带的树林，花草，奇异的蝴蝶和巨大的象"。大学期间，他与同学杨吉甫一起，办了一份小刊物《红砂碛》，并开始诗歌创作。虽然他觉得自己的诗"像一道小河流错了方向，不能找到大海"，但他的诗却被卞之琳看好，并收拢李广田和他自己的诗，三人合集出版了《汉园集》，在第一辑"燕泥集"中，选了何其芳的十六首诗。

在写诗的同时，他写了不少散文，感到"应该像一个自知之明的手工匠人坐下来，安心地、用心地、慢慢地雕琢出一些小器皿"，用来"证明每篇散文应该是一种独立的创作，不是一首短诗的放大"，这可以看作是他诗歌写作的继续。因为《汉园集》延迟了两年出版，他的散文集《画梦录》于一九三四年由文化生活出版社先期出版了。

之后，在"燕泥集"的基础上，何其芳又补进了十八首诗，于一九四五年出版了诗集《预言》，作为"文季丛书之十九"，由文化生活出版社出版。与散文集《画梦录》一样，这一文一诗两本集子，为何其芳赢得了最初的荣誉。《预言》共收诗三十四首，从一九三一年至一九三七年，按创作年份分为三辑。将一首《预言》的诗题作为书名，开头写道："这一个心跳的日子终于来临\呵，你夜的叹息似的渐近的足音\我听得清不是林叶和夜风的私语\麋鹿驰过苔径的细碎的蹄声\告诉我，作你银铃的歌声告诉我\你是不是预言中的年青的神？"这显然是一位十九岁的少年写的一首爱情诗，写他对爱情的渴望与幻灭。集子中的一些诗，最早

何其芳《预言》书影

发表在施蛰存主编的《现代》，徐志摩主编的《新月》上，有人把他归入"现代派"的新诗流派一路。他诗中的个人淡淡的抒情色彩，确实有着《新月》《现代》的特征，有着相投与相融的某些契合。我想，一个诗人，如果一辈子就只写这么一本诗集，也可青史留名了。但这只是一种假设，而这样的假设只是一种美好愿望。

《预言》没有序言、后记之类的文字。不过，他的第二本诗集《夜歌》出版时，他在《后记》中谈道："我的第一本诗集即《预言》，那个集子其实应该另外取个名字，叫做《云》。因为那些诗差不多都是飘在空中的东西，也因为《云》是那里面的最后一篇。在那篇诗里面，我说我曾经自以为是波特莱尔散文诗中那个说着'我爱云，我爱那飘忽的云'的远方人。但后来由于看见了农村和都市的不平，看见了农民的没有土地，我却下了这样的决心：'从此我要叽叽喳喳发议论＼我情愿有一个茅草的屋顶＼不爱云，不爱月亮＼也不爱星星'。不久抗战爆发了，我写着杂文和报告，我差不多放弃了写诗"。这其实是他第一阶段写诗的小结。

后来，何其芳写过一篇文章《写诗的经过》，收在一九五六年作家出版社出版的《关于写诗和读诗》，文中讲道："我的第一本诗集《预言》是这样编成的：那时原稿都不在手边，全部是凭记忆把它们默写了出来，凡是不能全篇默写出来的诗都没有收入。这也可以说明我当时对于写诗是多么入迷。我这并不是想说明我那些诗已经写得不错。那些诗，既然是脱离时代，脱离当时中国的革命斗争的产物，它们的内容不可能不是贫乏的。如果说那里面也还有一点点内容的话，

何其芳《关于写诗和读诗》书影

也不过是一个政治上落后的青年的一些幼稚的欢欣，幼稚的苦闷，即是说也不过是多少还可以从它们感到一点微弱的生命的脉搏的跳动而已"。何其芳已把他早期写诗的状况，以及后来的认识说得很清楚了。

事实果然是这样。一九三八年八月，何其芳与卞之琳、沙汀等去了延安。那是一个与《预言》中的感情世界完全不一样的环境。他担任鲁迅艺术学院文学系主任，参加了延安文艺座谈会，以后大大小小做起了文艺官。可他依然没有放下诗笔，继《预言》之后出版《夜歌》。也在此集的《后记》中他谈道："这是我的第二个诗集。抗战以来所写的短诗大部分都在这里了。其所以还有少数未收入者，因为全部原稿并不在手边，这是根据大后方的朋友们替我保存的作品编起来的。"

其中《我为少男少女们歌唱》《生活多么宽广》等，在当时都是脍炙人口的诗篇，在解放区广为传诵。相对早期诗作，诗风开阔和明朗了，这是他的一次显著的诗风转变。因为，他走向了新的生活，走向了广大的民众，超越了过去有点小资情调的"小我"。他的《后记》中针对"认为我参加革命以后就写不出东西来了"的观点，算是作了"一个回答"。国难当头，人民生活在水深火热之中，诗人不能漠视和旁观，要给黑暗中的人们一丝温暖，一丝光亮。这是当年颇有影响的一本诗集。既是诗人的一种转折，也是另一种意义上的突破。

在一九五二年五月，何其芳将《夜歌》改为《夜歌和白天的歌》。与第一本诗集那样，以年份编排，从一九三八年至一九四九年，时间上与《预言》衔接上了。前面有作者的《重印题记》，他写道："趁人民文学出版社在北京重印它的机会，我把它改编了一下。在内容方面，删去了十篇诗，并对其他好几篇作了局部的删改。我是想尽量去掉这个集子里面原有的那些消极的不健康的成分。整风运动以后，我可以说是停止了写诗，这是因为有相当长一个时期，我觉得当务之急是从学习理论和参加实际斗争来彻底改造自己的思想情感，写诗在我的工作日程上就被挤掉了。"他又写道："很想歌颂新中国的各方面的生活，并用比较新鲜一点的形式来写。但可惜我目前的工作不允许我经常到处走动，不允许我广泛地深入地接触工农兵群众，又不愿使自己的歌颂流于空泛，我就只有暂时还是不写诗。"

建国后，何其芳不仅是全国政协、人大的委员或代表，还担任中国作家协会书记处书记，《人民文学》《文艺报》编委，中国社科院文学研究所所长等职务，诗人早期那种天真、细腻，诗的灵性与想象，情意深长的气质，几乎荡然无存，《写给寿县的诗》《悼郭小川同志》等，就是一堆口号和标语了。有人把这种在"思想的进步"之时的"艺术的衰退"，称之为"何其芳现象"，既然是一种现象，就不是个案了。如果说，这是人生的悲剧，那就不是何其芳一个人的悲剧了。

图书在版编目（CIP）数据

真实的人间 / 赵丽宏主编. -- 上海 ：上海文艺出版社，2024. -- ISBN 978-7-5321-9139-0

Ⅰ. I227

中国国家版本馆 CIP 数据核字第 2024KC3328 号

责任编辑：徐如麒　毛静彦
美术编辑：雨　辰　沈诗芸
封面设计：赵小凡

真实的人间
赵丽宏　主编
上海世纪出版集团
上海文艺出版社 出版
201101 上海市闵行区号景路 159 弄 A 座 2 楼
上海文艺出版社发行中心发行
201101 上海市闵行区号景路 159 弄 A 座 2 楼 206 室 www.ewen.co
上海昌鑫龙印务有限公司印刷
开本 787×1092 1/16　印张 7　插页 2　字数 123,000
2024 年 10 月第 1 版　2024 年 10 月第 1 次印刷
ISBN978-7-5321-9139-0/I.7184　　定价：12.00 元

告读者　如发现本书有质量问题请与印刷厂质量科联系
T:021-52830308